李燕燕/著

# 我的声音 唤你回头
—— 与《民法典》关联的女性权益故事

四川大学出版社

项目策划：王 玮 张 晶 张宇琛
责任编辑：王 玮 张 晶
责任校对：张宇琛
封面设计：璞信文化
责任印制：王 炜

### 图书在版编目（CIP）数据

我的声音，唤你回头：与《民法典》关联的女性权益故事 / 李燕燕著 . — 成都：四川大学出版社，2021.6

ISBN 978-7-5690-4814-8

Ⅰ . ①我… Ⅱ . ①李… Ⅲ . ①报告文学－中国－当代 Ⅳ . ① I25

中国版本图书馆 CIP 数据核字（2021）第 127011 号

| 书名 | 我的声音，唤你回头——与《民法典》关联的女性权益故事 |
|---|---|
| | Wo de Shengyin, Huan Ni Huitou—Yu《Minfadian》Guanlian de Nüxing Quanyi Gushi |
| 著　　者 | 李燕燕 |
| 出　　版 | 四川大学出版社 |
| 地　　址 | 成都市一环路南一段 24 号（610065） |
| 发　　行 | 四川大学出版社 |
| 书　　号 | ISBN 978-7-5690-4814-8 |
| 印前制作 | 墨创文化 |
| 印　　刷 | 四川五洲彩印有限责任公司 |
| 成品尺寸 | 170mm×240mm |
| 印　　张 | 11 |
| 字　　数 | 150 千字 |
| 版　　次 | 2021 年 9 月第 1 版 |
| 印　　次 | 2021 年 9 月第 1 次印刷 |
| 定　　价 | 52.00 元 |

◆ 版权所有 ◆ 侵权必究

◆ 读者邮购本书，请与本社发行科联系。
　电话：(028)85408408/(028)85401670/
　(028)86408023　邮政编码：610065
◆ 本社图书如有印装质量问题，请寄回出版社调换。
◆ 网址：http://press.scu.edu.cn

四川大学出版社
微信公众号

# 非虚构与《民法典》的"遇见"

◎丁晓原

李燕燕这个名字，听上去好像有一种跃动飞翔的感觉。是的，青年报告文学作家李燕燕，近年来一直在非虚构这片广阔无垠的空域展翅翱翔。《天使PK魔鬼》《山城不可见的故事》《无声之辩》《拯救睡眠》《军嫂奏鸣曲》等作品，以其鲜明的题材特色和价值取向，为她画出了一条属于自己的航线。在蓝天白云之间，李燕燕是一只极具辨识度的"燕子"，向着理想的目标，迎风奋飞。

新作《我的声音，唤你回头——与〈民法典〉关联的女性权益故事》，题目已昭示了作品的内容。在大类上此作的题材与以前的作品是一致的，不是宏大叙事那种制式，而是为弱者，为普通人的写作。在见惯了重大题材以及主题写作的"大作"后，李燕燕式的书写，不只是题材上别出新裁，内存的意蕴也是极有价值的。国际著名政治家甘地说过，衡量一个国家的文明程度，可以看这个国家的人们怎样对待动物、女人、老人和弱者。李燕燕作品的意义正与此关联。但新作明显不同于《无声之辩》《拯救睡眠》

等作品的弱新闻性，此作的题材具有很强的新闻性。《民法典》全称为《中华人民共和国民法典》，2020年5月28日由第十三届全国人民代表大会第三次会议表决通过，自2021年1月1日起施行。"民法典"是一个热词，也是重要的新闻话题。李燕燕以此为题，可见她对此话题及其内在意义的敏感，也反映出作者作为报告文学作家所具有的社会责任感。在我的视域中，这是非虚构文学与《民法典》的首次"遇见"。题材的初次性、题旨的人民性以及文本的非虚构性，奠定了李燕燕这一《民法典》文学叙事的重要价值。

报告文学是一种选择性写实文学方式。《民法典》涉及民事的诸多方面，作者不可能也没有必要对《民法典》作一一对应的叙写。李燕燕现在的选择是极其聪明的。"与《民法典》关联的女性权益故事"这一写作定位，既凸显了选题与当下关联的新闻性，又与原先作品取材类型有所接续，可以放大自己写作的特色和优势。在这一定位中，"民法典"和"女性权益"是两个引人瞩目的关键词，而"故事"则通过非虚构的文学文本的组织，将两者有机地链接，对这一话题或议题进行新的更为有效的传播。《民法典》的颁布施行，坚持以人民为中心的治国理政根本思想，展示了新时代社会主义法制建设的重大成就，体现了对人民基本权利的尊重和保障，也是我国开启社会主义现代化建设新征程的重要标志。由于种种原因，在多种权利主体中，女性、儿童、老人等主体的权益更易受到侵害。因此，李燕燕通过非虚构叙事的方式，将《民法典》与女性权益关联起来，以女性主体权益保护的典型个案，生动地反映出这一重要法典对于人民利益的切实维护。可以说，李燕燕的这一新作是从女性权益保护的视角，对《民法典》所做的一次有意义的文学普法。从作品的取事形态看，是日常立地的，甚至有些琐屑杂陈，但其内涵也可"通天"，关乎宏大主旨。作者在国之《民法典》与家之民生图之间，强调了重大国法与人民生活的联系。

因此，这样的写作与优秀的宏大叙事作品一样，也具有重大的主题价值。

《我的声音，唤你回头——与〈民法典〉关联的女性权益故事》篇幅不长，内容却很丰富。这种丰富首先在于《民法典》中涉及女性权益保护事项较多，同时也与作品具体叙事设置有关。《谁来保护她》《水面下的小男孩》《远远看着你》《黑夜的猛兽》等九个故事，分别关联女性的名誉权、男女平等的财产继承权、婚姻无效或者被撤销中无过错方请求损害赔偿权和家庭暴力中妇女权益的保护、老人的赡养、订立遗嘱等，这些情况是女性权益最易受到侵害的部分，与千万家庭和广大女性的福祉息息相关。而刚刚施行的《民法典》针对这些情形，正好都有相应明确而清晰的法条。正是在这一点上，《民法典》不仅是新时代人民权利的"宣言书"，而且是女性权益贴身的"保护伞"。李燕燕和她的书写，其意义在于作者以女性作家对自身权益受损问题的性别敏感，选取与此相关的《民法典》叙事，体现出对女性权益维护的高度自觉，并且通过这种更具传播力的文学方式，唤醒更多的女性能够以法护身。

我读这部作品，看到的是作者对法学、文学、心理学、女性学、社会学等多学科融合叙事的努力及其效果。作品所写涉及《民法典》，其中自然有法学的内容，每一部分作者都列出了有关的具体法条，可见作者对法的学习和熟悉，使涉法写作有了某种专业性，而作品的本事是与《民法典》关联的女性权益故事"，"故事"成为作品的基本构建；"故事"的创造者是人物，人物日常生活中的所遇人与事、各种遭际，推衍了文本的铺展。故事性及由此呈现的各式人性景观，调制出作品的文学性。这里体现出非虚构写作的审美意味。

李燕燕笔下这些日常故事的来源，部分与资深心理咨询师汤朝千有关。《谁来保护她》《水面下的小男孩》的故事主人公就是汤朝千的女性来访者。这样，心理学也就成为作品生成的一个要素。这样的要素不是人为的植入，而是叙事对象本有的自在逻辑。《谁来保护她》讲述的是名誉权受到侵害的故事。故事中化名李珍的主人公（化名是必要的，反映了作者对叙写对象名誉权的尊重），她的遭遇在女性日常生活中比较常见。因为"'肥胖'和无处可藏的'个人隐私'，才是她一步步陷入重度抑郁的泥沼，差一点无法自拔的重要原因"，而重度抑郁症又成为她重要的"个人隐私"，个人的隐私权又受到新的侵害。在李燕燕的作品中，心理问题不仅与当事人的名誉权受损直接有关，成为叙事的内容之一，而且心理学也是作品分析人物行为模式的一种有效方法。多学科相生的叙事，融法学的规制、心理学的学理、社会学的实证和文学的形象感性等于一体，使得作品多质而饱满，读者从中可获知更多的信息。

《我的声音，唤你回头》，在李燕燕讲述的"与《民法典》关联的女性权益故事"中，我们可以听到多种"声音"。你不妨也侧耳倾听一下。

2021年5月于常熟

（丁晓原，中国报告文学学会副会长，中国作协报告文学委员会委员）

# 目 录

**01 引子**

但愿艰难穿行于人生暗堡的你们……

重新得见自天穹洒落的灿烂阳光……

**03 谁来保护她**

"你能直面自己的痛点吗?"

"我试着,把头抬起来。"

拉力与推力并存。因为永远有被有意无意暴露的个人隐私——这就是李珍幻觉中那个藏在树丛中窥视她一举一动的"白色鬼影"……

**23 水面下的小男孩**

"法院判了。但房子什么时候拿到,房产证怎么去办,还是未知数。二哥已经把我的微信拉黑了,同样也有遗产继承权的大哥和妹妹们一直保持沉默。"陈小华通过微信告诉我,"但我不后悔,因为这是我作为一个女儿应当享有的权利。"

**37 远远看着你**

"对我的妻子,以及和我得同一种病的儿子,我只能说声抱歉,我实在没有能力,包括身体上的和经济上的。所以,作为丈夫,我只能远远看着你。如果离婚,我一贫如洗,名下没有任何财产,你需要的补偿我拿不出来。如果你不介意我现在的状态,那么我们可以继续过下去……"

### 49　黑夜的猛兽

待无意间瞥见这个男人,心里不由一惊。她太熟悉他了,她对他的恐惧深入骨髓。瞧见曾小美瞥向自己,男人得意地把双拐收了起来,拿在手上,瞬间直起腰,大步朝她走过来,嘴角的肌肉微微抽动,似笑非笑。这样的表情,在过去十年的深夜里,都预示着一场场暴风骤雨的来临。

### 69　我如果在他的怀中,该有多美

"他不愿意碰我,有时我特意靠近他,表现出一些亲昵,他会立刻起身离开,满脸厌恶。我不知道我做错了什么。我们大概有一年没有夫妻生活了,许多年不曾接吻,也有许多年,他都没有抱过我。他不打不骂,可我已经濒临崩溃,整夜整夜失眠,动不动就流眼泪,感觉精神和心理上已经被逼出了问题。"我在司法鉴定中心见到了一个女人,她这样对我说道。她看上去很痛苦,黑眼圈引人注目,脸色晦暗,眼神涣散。但她的司法鉴定结果却是"一切正常"。

### 89　全职太太的迷茫

和许多全职太太一样,她没有掌握家里的财政大权,而是每个月接受丈夫给的生活费,还需详细地记下每一笔账,给丈夫一个交代。她平素精打细算,很少在自己身上花钱。但没有想到丈夫做得这么绝,压根没有好聚好散的念头。

99 请不要再给我发"晚安"

　　夜里11点，有些疲惫的黄小慧回到房间，刚准备洗澡休息，又听见手机响了一声，还是李教授发来的信息，是歌曲《亲密爱人》的链接。她还没回过神，信息又接踵而至，先是"让我的吻陪你过夜"，然后是一句"晚安"。面对李教授的这一系列"神操作"，黄小慧惊呆了，她不知道该如何是好。李教授作为国内知名学者、教育专家，虽已年过半百却身材高大，风度翩翩，媒体也曾报道过他与妻子之间动人的爱情故事，让人实在难以将这样的"君子"往坏处联想。

115 最后一份遗嘱

　　老人家，您为什么要随时修改遗嘱？

　　因为我信不过自己的儿女，现在《民法典》规定，我可以撤回、变更自己所立的遗嘱，而且，以我最后的遗嘱为准。

137 忐忑不安的母亲

　　李老师，你说，维系母亲与儿女的是什么？

　　血缘，还有，亲情，或者说养育之恩。

　　那哪一个应该放在前面呢？

　　养育之恩吧。

　　哦……

155 附　录

　　一次有温度且有力度的文学普法　　/啄木鸟杂志社

　　文学，让法治强音奏响　　　　　　/谢昕丹

# 引 子

资深心理咨询师汤朝千的来访者几乎清一色是女性。这个情形，跟我在法院民事审判庭了解到的情况颇有些相似，由于离婚、遗产分割继承、自身权益受到侵害等原因，到地方法院民事庭主张权利的原告方中，女性占多数。一位有着法律援助经验的律师告诉我，不到迫不得已，这些女性压根儿不愿扬"家丑"来打官司，"新近施行的《中华人民共和国民法典》，关于维护女性合法权益的新法条至少有八项，体现了国家对女性权益的充分保障。"所以，我的这位律师朋友自掏腰包买了上百册，送给那些向他求助的女性。

《中华人民共和国民法典》共 7 编、1260 条，各编依次为总则、物权、合同、人格权、婚姻家庭、继承、侵权责任及附则。通篇贯穿以人民为中心的发展思想，着眼满足人民对美好生活的需要，对公民的人身权、财产权、人格权等做出明确翔实的规定，并规定侵权责任，明确权利受到削弱、减损、侵害时的请求权和救济权等，体现了对人民权利的充分保障，被誉为"新时代人民权利的宣言书"。2020 年 5 月 28 日，第十三届全国人民

## 我的声音　唤你回头
——与《民法典》关联的女性权益故事

代表大会第三次会议通过了《中华人民共和国民法典》，决定自 2021 年 1 月 1 日起施行。

但愿艰难穿行于人生暗堡的你们，终能得见前方那道大门，叩开，重新得见自天穹洒落的灿烂阳光，从此，幸福即来。

# 谁来保护她

"你能直面自己的痛点吗?"

"我试着,把头抬起来。"

拉力与推力并存。因为永远有被有意无意暴露的个人隐私——这就是李珍幻觉中那个藏在树丛中窥视她一举一动的"白色鬼影"……

### 我的声音　唤你回头
——与《民法典》关联的女性权益故事

　　出现在我面前的李珍（化名）很漂亮，脸庞圆润，眼睛很大，充满了少女感。汤朝千评估说，她的抑郁症痊愈程度已达 90%。

　　资深心理咨询师汤朝千的来访者几乎清一色是女性。这个情形，跟我在法院民事审判庭了解到的情况颇有些相似，由于离婚、遗产分割继承、自身权益受到侵害等原因，到地方法院民事审判庭主张权利的原告方中，女性占多数。一位有着法律援助经验的律师告诉我，不到迫不得已，这些女性压根儿不愿意扬"家丑"来打官司。同样，不到万不得已，被抑郁或焦虑困扰的她们，也不会找到汤朝千。因为要找到一个适合自己的心理咨询师，实在不易。

　　"我为什么愿意接受你的访谈？不是愿意，是主动。听汤老师说有作家准备写抑郁救助，我就想讲讲自己的经历。"李珍说，她的语气很坦然，这与我先前的设想有很大差异。

　　说明来意后，李珍猛吸了一口电子烟。这时我才注意到，原来她先前挂在脖子上的 U 盘状的东西，并非项链之类的装饰品，而是一支黑色外壳的电子烟。

"啊？对，是电子烟。以前心理压力太大，高中时学会了抽烟，抽烟可以解压，能让人暂时忘掉很多不愉快的东西。我知道抽烟对身体不好，但一时半会儿又不能完全戒掉，就用这个来替代啦！"

相比之下，她和汤朝千更为热络。

李珍告诉汤朝千，她最近很委屈，因为她认定的一个好朋友背地里四处"踩"她，甚至在校园论坛上"含沙射影"，说她的坏话。据李珍描述，那个女孩子出身贫寒，在大学里被势利的女同学排挤、疏远，只有她愿意亲近那个女孩，还从经济上帮助她。据李珍推测，好友"反水"只有一个目的，通过背叛和打击李珍，向周围那些讨厌李珍的人示好。因为，身患抑郁症多年的李珍是"校园异类"。她曾经当众自残，来反抗老师和同学对她的轻蔑与排斥。

李珍对汤朝千说，这次为了出这口恶气，她会采取"非常手段"来反击那个到处造谣诽谤她的女孩，让她得到教训。她的这个想法，立刻被汤朝千否决了。

"你今年21岁，早已是成年人，你的同学同样也是成年人，成年人就应该为自己所做的事情负责。如果她真的四处造谣中伤你，并且让你无法忍受，你完全可以诉诸法律。刚刚施行的《民法典》里就有关于名誉权和荣誉权的法律条款。"坐在一旁的我对她说。

"但是，事情有那么严重吗？我只是想用自己的办法让她知道自己做错了。我的朋友不算多。"李珍听了我的建议，一脸惊讶。在这个女孩看来，"诉诸法律"是一件很严重的事——话说，中国老百姓自古忌讳官司以及与官司相关的一切，能私了尽量私了，虽然常常因此节外生枝。

"事情没那么严重，我的朋友不算多"，类似这样的话我也说过，那

## 我的声音　唤你回头
###### ——与《民法典》关联的女性权益故事

是对替我打抱不平、愤怒不已的班主任说的。

1997年,我念高二,突然斑秃,又戴了一副深度近视眼镜,这样的外表,在同学当中,尤其是男同学那里饱受嫌弃,还被取了"秃子""黑瞎子"之类的绰号,那段时间是我青春期的至暗时刻。唯一的优势是,我的数学和英语成绩很好,所以在班里我还有唯一算得上朋友的人——我的同桌,一个高大帅气的男孩。他经常在作业上得到我的帮助,待我还算友善。我受到更严重的攻击是在这个男生转学之后,我"暗恋原先同桌某某某,人家被她的追求吓跑了"一类的谣言不胫而走——造谣者是一个18岁的"留级"女生,她生得漂亮,人缘很好。很快,"癞蛤蟆想吃天鹅肉"的嘲笑愈演愈烈,先从班里的男生开始,再发展到全年级的男生,他们见到我就吐口水、骂脏话,还有人悄悄在我后背贴上"大霉星"之类的纸条。极富正义感的班主任是一位刚刚从师范学院毕业的年轻女孩,目睹我无缘无故被一群男生辱骂的场景之后,她愤慨不已。问过我以后,她提出要请那几个领头男生的家长。我以害怕失去"友谊"为借口,慌乱地拒绝了她的提议。因为我担心,这件事一旦激化,我会彻底被同学们孤立,甚至没有人会再愿意和我说话,而这些是我无法承受的。

心理学研究表明,相比于男性,女性尤其害怕被孤立。比如,一位女生在社交媒体上晒出一张和大家一起游玩的合照,其内心真实的想法很可能不是为了纪念,而是想告诉那个没来的人——看,我们一起出来玩了。

彼时的我内心希望保住自己那点可悲的"友谊",火气正旺的班主任却觉得这不是一件小事,而是一桩性质恶劣的校园欺凌事件。在我战战兢兢地离开办公室后,班主任便打电话把事情告诉了我母亲。事实上,母亲在电话里对我的遭遇并没有流露太多的情绪,而是将她的愤怒全部发泄在了我身上——回家后,母亲狠狠地数落了我一顿:"为什么他们不欺负别的女孩子偏要欺负你?说到底,还是你这丫头为人太软弱可欺,你要是凶一点,哪会有这些事?"她要我"泼辣一些",然后又教育我:"根本不用理会他们,小孩子之间打打闹闹很正常,他们说你丑难道你能掉块肉?学生嘛,把学习搞好就行了。再说了,你是女孩子,真要把那些破事闹大,反而对你不好。"

最终我是如何摆脱那些完全可以称之为"可怕"的侮辱性攻击的?许多年过去,我几乎忘了。只是清楚记得,在寻医问药治好斑秃不久,我开始改戴隐形眼镜。虽然眼睛因会不适而迎风落泪,但整体形象终究变好了一些。但是,哪怕是今天,我依然敏感,处处提防别人"可能"的敌意,甚至形成了"讨好型"人格,宁愿委屈自己,也不敢得罪人。这些,就是我少女时代的心理创伤。更准确地讲,是放弃争取个人"名誉权"而留下的"后遗症"——那时的《民法通则》虽然没有明确公民的"名誉权",但已有此提法。今天的《民法典》则明确规定,公民在名誉权受到侵害时,有权要求停止侵害,恢复名誉,消除影响,赔礼道歉。将"名誉权和荣誉权"单设一章,正体现了立法者对人格权及名誉权的高度重视。

可现实情况是,关于《民法典》保护的名誉权,人们的重视程度还有待增强,但对某些"名誉"非常爱惜并极力保护,比如女孩子的名声。许多父母认为,要养好一个女孩远比养好一个男孩费心,一个不小心,女孩出了事,名声"臭"了,一辈子就完了。

一个多小时前,当李珍坐着轻轨往我们这边赶的时候,汤朝千告诉我,李珍是一个被过度保护的女孩。从小学一年级起,母亲每天接送李珍上学直到初二,哪怕学校离家只有十分钟的路程,且一路上没有任何隐蔽危险的小巷。母亲永远是警惕的,至于危险的来源,她并不愿多作解释——对于许多中国父母而言,说出一些与男女之事有关的话题似乎总是令人尴尬。"性禁忌"是长期的传统,李珍从来不自己背书包,因为书包永远在母亲肩上。看着贴身保护女儿的母亲,同学们对待李珍时也小心翼翼并刻意疏

## 我的声音　唤你回头
——与《民法典》关联的女性权益故事

远,一个女孩的孤独感由此产生,这种微妙的氛围,恰巧也是各种谣言滋生的土壤。小学六年级时,李珍吵闹着要自己上下学,开始很顺利,但有一天下午放学时,天色突变下起了雷雨,被电闪雷鸣吓到的李珍连续做了几天噩梦,母亲又开始了接送。

巧的是,我在采访李珍和汤朝千的前一天,刚刚听谢乐曦陪审员讲述了她在法院青少年庭旁听的一起少女性侵案,受害者也是一个受到过度保护的女孩。这个13岁的女孩遭遇犯罪嫌疑人后,本来有三次机会可以逃脱。第一次,犯罪嫌疑人带着她一起乘人力车,车夫看出端倪,提醒女孩子赶紧回家,但女孩闭口不言,任由犯罪嫌疑人摆布;第二次,女孩被带到出租屋,犯罪嫌疑人欲实施侵害由于生理原因没能得逞,又带她出去吃午饭,饭馆人很多,犯罪嫌疑人看管很松,可女孩依然不敢逃脱;第三次,因为出租屋有其他人在,女孩被带到了一家小旅馆,犯罪嫌疑人登记开房间时,女孩竟呆呆地站在一边等着,最终女孩被带进房间遭到猥亵。

"最关键的是,女孩说她之所以不敢逃,是因为犯罪嫌疑人说自己跟她母亲很熟,如果她跑了就去告诉她母亲,说她逃学出来玩'亲亲抱抱的游戏'。因为母亲平时对她管教很严,很多事情在母亲看来是羞耻的,她害怕母亲教训她。"谢乐曦对我说。在描述这件事情的过程中,她的面部肌肉一直在微微抽动。她也有一个女儿。

为了保护未成年女孩的名誉权及隐私权,受害人并未出庭,但谢乐曦却真真切切看见了女孩父母的悔意。

如同人体免疫功能,家庭越是以"保护"之名不让女孩与外界多接触,女孩的自我保护能力就会越差,感染"细菌"的风险也就越高。

李珍自己却认为,"肥胖"和无处可藏的"个人隐私",才是她一步步陷入重度抑郁的泥沼,差一点无法自拔的重要原因。

李珍告诉我,"肥胖"可以算作她心病的"病根",现在她依然被"肥胖"困扰。

"肥胖"这个词让我大吃一惊。李珍,身高1.64米,体重116斤,浑身上下并无赘肉,是标准的"该胖的地方胖,该瘦的地方瘦"。我实在难以认同所谓的"肥胖",但李珍告诉我,几年前她也是差不多的身高体重,那个时候她就被"以瘦为美"的同龄人称呼为"胖妹儿"。

"那个时候,社会上已经有'A4腰'的说法了。"李珍说。最标准的女性纤腰,应该符合一张"A4"打印纸的宽度。若以这样的标准衡量,难怪李珍被认为胖。

胖瘦虽是个人的事,但逃不开别人品头论足。同学们经常用"肥胖"和李珍"开玩笑"。在李珍看来,"胖妹儿"这个绰号既是个标签,更是个恶意满满的话柄,谁都可以用它来狠狠戳你。不仅在学校,外面也是一样。李珍到商场买衣服,刚刚拿着那条款式颇为流行的裙子走进试衣间,就隔着门缝听到几个售货员在议论:"嗨,那女娃好胖,腰跟背长好多肉,还敢试这个款式?""小心点,到时候裙子被她撑破了我们还要赔钱。况且,我看她那样子,也不像买得起这衣服的……"

类似的事情多了以后,渐渐地,李珍总感觉有人在背后悄悄议论、嘲笑自己,说自己长得胖,不论怎么打扮都土气,整个人逐渐被一种奇怪的恐惧感笼罩:下雨天,她偶尔会惊恐地发现离家不远的一棵大树上蹲着一个半透明的"白影";平日里独自行走,也总觉得有人在自己身后跟踪:她走得快,"跟踪的人"也走得快,脚步窸窸窣窣的;她停下脚步,"跟踪的人"也停下脚步,恐惧让她不敢回头。她能在特定环境下看见或者感受到这两种惊悚的场景,这样的情形持续了数年。

初三时,李珍又遭遇了一次公开的嘲讽攻击。对方步步紧逼,李珍被逼到了墙角,面对极端威胁,柔弱的小白兔也会奋起一搏。这一次,愤怒的李珍与那个恶语相加的女同学发生了激烈冲突。

"她跟我打赌,说我没那个胆量,不敢动刀子。结果我不知道从哪里来的勇气,拿起刀片在自己手腕上拉了条口子,刚才还得意扬扬、耀武扬威的那个人,还有一大群翻着白眼等着看我笑话的同学,全部吓得尖叫起来,作鸟兽散。"锋利的刀片割破了肌肤,很痛。倒退几年,被母亲过度保护的李珍甚至连火柴都不敢划。

"第一次在那些平时惯于欺负我的人的围观下自残,听到她们突如其来的尖叫声,我竟然没怎么感觉到痛,甚至还有一丝反抗带来的快感。"

这之后的一段时间,李珍感觉,背地里说她坏话或者当面表现出蔑视的人少了很多,大家似乎都开始"怕"她。李珍小心翼翼地学习生活,察言观色,尽量不招惹"非议"。但是过了一段时间,她发觉自己对所有的事物都提不起兴趣,感觉不到快乐,严重失眠——常常半夜莫名其妙醒来,然后再也睡不着。

21世纪的年轻人喜欢"百度"。调查显示,有93.2%的城市青年在身心状况出现异常后,会第一时间通过"百度搜索"来比照症状,推测自己可能罹患的疾病。李珍打开电脑,在搜索框里键入"情绪低落""自卑""多疑""失眠"等关键词,搜索结果全都指向了"抑郁症"。李珍知道抑郁症。她一开始犹豫要不要告诉家长,毕竟这种精神疾病十分"特殊"。直到被各种身心症状折磨得苦不堪言,李珍才把自己可能罹患抑郁症的事情告诉了父母。为此,母亲与父亲起了激烈的争执。母亲觉得"小孩子家家闹点情绪很正常,不用太在意",父亲则认为"应该立刻去医院看看"。李珍向父母表达了自己希望去看病的强烈意愿。县城医院没有开设心理咨询及治疗门诊,一家三口就去了重庆的一家三甲医院。经过检查,李珍确诊为"重度抑郁症",医生要求她立刻住院接受治疗。

开始是药物和常规催眠治疗——许多抑郁症患者集中在一间屋子里,

用轻音乐催眠,帮助他们在规定的时间内入眠。"可是,我根本睡不着。"李珍说,一曲终了,自己的一双眼睛还盯着天花板。温和的治疗手段收效甚微,后来李珍甚至出现了"抑郁性木僵":整个人像根木头,行动迟缓,连转动眼球都格外费力。大声叫她,老半天才有一点反应,"能听到亲人的呼唤,可是身体就像不是自己的"。之后,由于无法有效控制病情,李珍无奈接受了传说中极为"恐怖"的"电休克治疗"。这相当于将大脑进行一次"重启"。

电休克治疗其实就是电抽搐治疗,又称"电痉挛疗法",它是以一定量的电流通过大脑,引起人的意识丧失和痉挛发作,从而达到治疗目的的一种方法,主要适用于重度抑郁患者。为了减少病人的痛苦,在治疗之前,医生会使用一些镇静类的麻醉药和肌肉松弛剂,以减轻抽搐,缓解恐惧感。在治疗过程中,患者仰卧在治疗台上,四肢自然伸直,在两肩胛间相当于胸椎中段处垫一沙枕,使脊柱前突。为防止患者咬伤自己,医生会将缠有纱布的压舌板放置在患者一侧上下臼齿间或将专用牙垫放置在两侧上下臼齿间,同时用手紧托下颌,防止其松脱。另由助手保护患者的肩肘、髋膝关节及四肢。

因实施全身麻醉,李珍并不记得电休克治疗的任何细节,不仅如此,还丧失了一个星期内的全部记忆。

"刚刚结束电休克治疗那两天,我意识不清,甚至连家里人都认不出来。"李珍回忆道。几个疗程下来,头痛、头晕、恶心、呕吐、意识障碍、记忆力减退等副作用悉数出现。李珍的重度抑郁症状逐渐减轻,同时因为服用某些药物而胃口大开,体重又增加了三十多斤。

虽然没有痊愈,但对于一个初三的学生来说,学习依然是首要任务。复学时,李珍的父母为了保护女儿,特意为她转了学,还叮嘱刚刚见面的班主任老师:请多多关照,千万不要跟其他人再提起李珍的疾患。因为这

## 我的声音　唤你回头
——与《民法典》关联的女性权益故事

算是一个重要隐私，或者说是"秘密"。因为在一般人看来，心理疾病就等同于"神经病"，人们常以异样的目光来看待患者。

时至今日，许多老百姓依然习惯性地把精神卫生中心称为"精神病院"。630路公交车站与重庆市精神卫生中心金紫山院区门诊大楼之间隔着一条狭窄的马路。站牌下，几个等车的路人好奇地向对面张望着。

"对呀，我们俩就住在附近的小区。没有，没有进去看过，精神病院嘛，没事儿进去干吗？"

"我有糖尿病，出门老想解手。一次在这个站等车时，实在憋不住就进到对面找厕所。我老伴晓得这事还训了我一通，告诫我千万不要再进去，里面有很多'武疯子'，出了事他们也不负法律责任。"

事实上，诸如精神分裂症等严重的精神疾病在院中有专门的看护病区，其中设有护栏、门禁重重防护，一般人未必能找得到。在门诊大厅排队挂号的人，大多是由于心理问题前来就诊。

换句话说，"心理疾病"自带一种污名化效应——如同与之相似的与"男女关系"密切相关的"艾滋病""性病"，传统认知中与"天罚"相关的"麻风病"，以及致病性强、传播迅速、易在人群中造成恐慌效应的重大传染病。

关于是否应为艾滋病病患保留隐私这一问题，社会上存在较大的争议。因为在保护个人"隐私权"的同时，可能会侵犯他人的生命健康与安全。比如一名男性在婚检中发现已被感染，为了保护他的"隐私"，医院不告知他的伴侣，这就等于将另一个无辜者置于无预警的高危状态。所以，不断有人呼吁：为了他人的健康和安全，应该把这些患者的病情公之于众。有的网民甚至建议，直接在艾滋病患者或感染者身份信息中添加"艾滋病"标记来提醒人们注意，以免他人在不知情的情况下受害。《民法典》第一千零三十二条规定，"自然人享有隐私权，任何组织或者个人不得以刺探、侵扰、泄露、公开等方式侵害他人的隐私权。"第一千零三十三条规定，除法律另有规定或者权利人明确同意外，任何组织或者个人不得实施可能破坏他人隐私和隐私权的行为。至于"人肉""直接曝光"等行为，不仅与《民法典》《网络安全法》中保护个人信息和隐私的明文规定相背离，也与国家深化平安创建活动、加快法治建设进程的社会氛围格格不入。

但可以探讨的是，哪些个人信息可以公开，哪些信息属于个人隐私应该受到保护。

有法学专家认为，在发生疫情等公共安全事件的特殊时期，有关部门基于公共利益和安全的目的，需要依法公开一些信息。这就涉及如何在公布个人信息与保护公共利益、公众健康权、知情权之间做好平衡。可以公开的信息包括当事人或患者、密切接触者的个人行动轨迹，接触的人群等。但对患者的具体个人信息应该慎重，在此前提下，可以公开患者或疑似感染者的年龄、性别、职业、与既往病例关系、患病情况、部分行动轨迹、密切接触者数量等。但是，任何单位和个人未经当事人同意，个人的姓名、身份证信息、电话号码、家庭住址、肖像、财产状况、生活习惯、亲属关系等，这些个人信息和隐私不应被公开披露，因联防联控工作需要，且经过脱敏处理的除外。

抑郁症等心理疾病使患者倍受煎熬。而它与精神病混为一谈的污名化效应极易招致社会或团体的排斥。在许多单位，新入职的人员在报到前要先做心理测试，如果有问题，就不能被正式录用。在单位看来，这些"心理有问题的人"，随时可能带来麻烦。

李珍的父母在恳求校方及班主任保守"秘密"保护好女儿的同时，也向学校保证，经过治疗，女儿的病情目前已趋于稳定，不会做出格的事情。

李珍重新回到了学校，但她的生活却没有完全回归宁静。她需要经常请假去看病开药，每次请假她心里都很纠结，担心周围的人看出点什么。

## 我的声音 唤你回头
——与《民法典》关联的女性权益故事

同学们起初只是知道胖嘟嘟的李珍患有慢性病，但不知道她究竟得的是什么病。某次她缺席体育课，恰逢长跑考核，有同学提到李珍没来可能面临补考，体育老师轻蔑地说："不跑更好，我还怕她死在操场上呢！"面对同学们的好奇，这位体育老师便将她听来的有关李珍的"秘密"全部讲了出来。李珍回来后，一个平时与她熟络的同学匆忙和她打过招呼后，便斜着身子快速溜走了，仿佛她身上附着什么吓人的东西。那一整天，同学们对她的态度都异于往常，大家看她有点像看"怪物"，这放在之前是难以想象的——肉肉的李珍平素内向少话，极易亲近。最终，李珍从一个同学那里知道了体育老师当众说的话，"我还怕她（李珍）死在操场上呢"！

"我当时一股热血直冲脑门。她究竟是从哪里知道了我的病情？作为一个老师，她凭什么这么说我？我要去找她理论。"李珍找到了那个体育老师，与她据理力争，要求这个老师向她道歉。很快，事件经由网络发酵，网上争论得热火朝天，李珍的隐私一度变得透明。数天后，李珍在宿舍里再度自残。

李珍没有告诉我她到底是怎么熬过那段日子的，以及学校最终给了她一个什么样的交代。她只是告诉我，后来她发现自己这样的情况基本没有隐私可言，不管在高中还是大学，一切保守秘密的做法都是徒劳的，因为"抑郁症"的标签已经牢牢贴在她身上了。从开始的小心翼翼，到后来无奈放弃抵抗，李珍一直承受着非同寻常的压力。高一的时候，李珍学会了抽烟。

也是在高一，李珍不稳定的病情令母亲格外忧虑，除在医院看病吃药外，母亲又开始为李珍物色专业的心理咨询师，汤朝千就是在此时走近李珍，并为她提供了必要的"拉力"。

汤朝千擅长认知疗法和催眠疗法。"实际上，催眠是一种很好的补充治疗手段，有时会获得意想不到的效果。"汤朝千说。

汤朝千的手机里有一张心理学冰山理论图。"你看，露出海面三分之一的冰山是我们的意识，平行于海面的冰山是'前意识'，海面以下三分之二的冰山——最多的部分，是'潜意识'。"冰山理论来自弗洛伊德的精神分析学。根据这一学说，潜意识很难或根本不能进入意识，前意识则可能进入意识，所以从前意识到意识尽管有界限，但不是不可逾越。前意识处于意识和潜意识之间，担负着"稽查者"的任务，不准潜意识的本能和欲望侵入意识之中。但是，当前意识丧失警惕时，有时被压抑的本能或欲望也会通过伪装而迂回地渗入意识。

汤朝千采用的催眠疗法，除部分存在严重精神障碍的患者无法适用外，能够帮助大部分患者实现催眠。"催眠中使用正面话语，能够直接绕开前意识的阻抗，直达潜意识。"

在帮助来访者李珍之前，汤朝千曾运用催眠疗法治愈了一个"性瘾者"。

一位29岁的女性，没有恋爱结婚的想法却整日被原始欲望包围。汤朝千用催眠的方法还原了这个年轻女人潜意识中的场景。女人在催眠幻境中见到了两个小孩，一男一女，蹦蹦跳跳地拉扯着把她带到一个地方——医院的妇产科病房。原来，这个女人两年前曾在迫不得已的情况下做过一次人工流产手术。当时她接受了全身麻醉，身体上并没有经受太多痛苦，但失去小孩的遗憾在她的潜意识里扎了根，并生发出了"补偿"机制，"性，能让她再度有孩子"，她的"性瘾"正是由此而来。经历了如同"祝由术"的"催眠"场景后，女人终于明白了自己的心理症结，弄清了自己内心的真正需求，这个曾经历重大感情挫折的女人清醒了过来，开始自我调整并逐渐恢复正常。此外，还有一位来访者，一位陷入繁重工作和艰难生活的中年女人，她连续几年一直被悲伤沮丧的情绪折磨。汤朝千运用"催眠"引导这位中年女人进入一个她熟知的地方，在那里，她见到了自己牵挂已久的去世的亲人。在催眠幻境中，她与那位亲人紧紧地拥抱在一起，对方

## 我的声音 唤你回头
——与《民法典》关联的女性权益故事

正式向她告别,并祝福了她。催眠营造的仪式感驱散了现实中"女人未能见到逝者最后一面"而引发的悲伤,一切便圆满了。

为了让我看到催眠疗法的实施过程,汤朝千请来了他的一位学生。

汤朝千的工作室里有一个特殊的房间,里面放着一张躺椅,椅子上垫着厚厚软软的毯子。旁边的桌上有一罐花花绿绿的糖果,都是薄荷糖和口哨糖。需要采用催眠疗法的来访者不能出现低血糖的症状或者饥饿感,这样就无法集中注意力跟随催眠师的指引。桌上有一盏香薰灯,催眠时点燃,它散发出的气味可帮助来访者更快地进入催眠的状态。

一切就绪。

拉拉你的左手,放回原处。拉拉你的右手,放回原处。

你幻想自己站在一个螺旋阶梯上,阶梯一直朝下。

你往下走,越走越深入。

你的眼前出现了一扇门,推开它。

我,我推不动。

摸一摸,你右边的衣服口袋里有一把钥匙。掏出钥匙,打开你眼前的这扇门。

嗯……

走进屋子,你看见了什么?

这是姥姥的屋子。我看见姥姥了,她正在厨房,她在煎鱼。鱼很酥脆,没有刺。

好了,不要哭不要哭,我来帮你擦眼泪。

姥姥喊我去厕所……肚子拉空了,才吃得下去。

这位女学生带着满脸泪痕醒来。刚才,她见到了自己去世多年的姥姥。女孩是姥姥带大的,但是这么多年,她从未在梦中见到过姥姥,她很想见到她。女孩曾经把自己的想法告诉母亲，并为姥姥"不来看她"感到奇怪。"那是因为姥姥怕打扰到你，她会在天上默默地保佑你。"母亲解释道。

此前，这位热爱心理学的女学生对汤老师的催眠术半信半疑，对未知事物有种说不清道不明的恐惧。但这次的催眠现场，她居然走下时光的螺旋梯见到了阔别已久的姥姥。虽然姥姥的面目并不十分清晰，但花白的齐耳短发上别着闪亮的老式黑色小发卡，个头不高，穿着紫红色的外套，这些分明都是姥姥的标志。小时候，她喜欢吃"火气重"的煎鱼，她患有严重的便秘。这两件隐秘的事情，居然都在催眠幻境中显现出来了。

"看见姥姥后，我醒了过来，心里轻松了许多，工作、学习和生活上压力暂时得到了缓解。或许，这就是人们常说的'治愈'吧。"女学生对我讲述她的感受。

汤朝千动员我也试一试"催眠术"，我拒绝了。我很清楚自己期待在幻境中遇见什么，然后得到某种程度的解脱。但我又有许多放不下又说不出的秘密，生怕在催眠中泄露出来。

汤朝千告诉我，催眠可以能帮助人们突破前意识的防守进入潜意识，然后替那些来访者问出这样两个问题："事情的真相究竟是什么？""你能直面自己内心的创伤吗？"

对于李珍，在接待她的第一天，汤朝千便拿出一些表格，其中最重要的一项是："遇到紧急事件，你的第一反应是什么？正常的反应又应该是什么？"这样的量表，李珍需要每天填写，这是认知疗法的一个重要组成部分。刚开始李珍很抗拒，因为从病态恢复正常与之前渐渐扭曲一样，是一个痛苦的过程。后来她渐渐形成了习惯，"填写表格的过程，就是纠正非理性状态的过程"。

认知疗法是第一步。紧接着，汤朝千用催眠疗法帮助李珍回到她曾经经历的一些诡异现场。

## 我的声音 唤你回头
——与《民法典》关联的女性权益故事

从记忆的阶梯徐徐走下去，是一片空旷的地方。李珍发觉这些场景异常熟悉，这是自己家附近。空中飘着绵绵细雨，李珍听从汤朝千的指引走到那棵大树下，她抬起头，发现那个通体白色的"鬼"正立在枝头。她很害怕，往后退了两步。"你走近点问问它，它究竟是谁？"汤朝千提示李珍。李珍第一次有勇气直视那个令人恐惧的东西，向它提问，然后听见"白色鬼影"用微弱的声音告诉她："事实上我并不存在，是你的恐惧塑造了我的形象。"

四周一片寂静，回家的路上一个人也没有，李珍战战兢兢地走着，身后再度响起或深或浅的脚步声。李珍大胆回头，想确认自己身后是否真的有"跟踪者"。这次，她终于看清了，自己身后什么也没有，一切所见所闻，同样源自她内心深处的恐惧。

"你能直面自己的痛点吗？"

"我试着，把头抬起来。"

拉力与推力并存。因为永远有被有意无意暴露的个人隐私——这就是李珍幻觉中那个藏在树丛中窥视她一举一动的"白色鬼影"，也是那个并不存在的"跟踪者"。

"从高中到大学，即使我藏好一切，但总有知情者，医院的病情诊断总是会被泄露。学校的老师们对我小心翼翼，我的一举一动都会受到学校的'特别关照'。我的动向是学生干部向班主任或者年级辅导员汇报的重点事项。如果我有一段时间状态不好，或者出了一点小事，哪怕是情绪比较激动，学校便会立即叫来我的父母，并温和地建议我办理休学。"李珍对我说。

对于李珍而言，汤朝千不仅仅是她的心理咨询师，更是她的学业"挽救者"，他曾数次在艰难的时刻出面，以"专业人士"的身份为她担保，让她能继续留在学校。有一次，因被嘲讽"得了神经病"，刚念大学一年级的李珍在学校晚会的后台与同学发生激烈冲突,之后跑到一个宾馆自残。那一次,学校坚决要求李珍休学,父母苦苦哀求也无济于事。汤朝千闻讯从40多公里外的地方赶来,向学校保证李珍不会再有下一次。

大学一年级下期,在医生的帮助下,李珍的心理状态和体重都恢复了正常,同学们都喜欢这位笑容甜美、待人热心的女大学生。在班长竞选中,李珍以多数票胜出,但年级辅导员却否定了这个结果,其余班委的人选都根据所得票数定了下来。这样不公平的结果,当然说服不了她。李珍尽力压制住从心底涌上来的"戾气",艰难地用"正常反应"来取代本能的"第一反应"。她决定,用最平和的态度去询问原因。在人来人往的办公室里,表情一脸严肃的年级辅导员几乎是一字一顿地对李珍说:"你要明白,心理有问题的人不能当班长,这是为你好,也是为周围同学好。"说话声很清晰,周围的人显然都听见了,有些人还停下了脚步,等着看事情的后续发展。那天,李珍出奇地冷静,甚至没有争辩一句,只是点头"嗯"了一声,就离开了。

"之后什么事也没有发生,我想我已经能够接受不好的事情了,而且可以冷静地接受。"李珍说,"初秋的那天是一道分水岭,我不会再因为他人的言语态度而伤害自己,因为我压根管不了别人。"

李珍现在对自己外貌的认知是:胖归胖,但还算漂亮,有男孩追求。但她也有自己的疑问:同样是肥胖或者体重超常,男人不会被苛责,而放在女人身上,则似乎不可原谅,一切鄙视和伤害仿佛都是合理的。究竟是谁制订了种种关于女性的"审美规则"?

同时,她更有着关于未来的忧虑。她给我看了一则信息——关于国家卫健委"抑郁症将纳入高校体检"的通知,在微博上,该话题的阅读量已经达到644.7万。这则通知,源于国家卫健委官网发布的《探索抑郁症防治特色服务工作方案》(以下简称《方案》)。《方案》要求各类体检中心将情绪状态评估纳入体检项目，供体检人员选用。各个高中及高等院校也应将抑郁症筛查作为学生健康体检内容，对测评结果异常的学生给予重点关注。

有观点认为，这标志着我国精神健康措施落到了实处。但如何保护患者的隐私，不免引发相关人士的担忧，其中，自然包括尚未完全治愈的李珍，她还有一年多就要大学毕业了。"也不知就业体检会不会有相关规定。如果这样的话，我还能就业吗？"李珍很忧虑。

"与其说这是一个医学问题，不如说是一个社会问题，个人隐私安全是公众的主要疑虑之处。"汤朝千说，"在这个过程中，人们会不由自主地逃避这种疾病所带来的污名。"

**本章与《民法典》关联法条：**

**第一千零二十四条** 民事主体享有名誉权。任何组织或者个人不得以侮辱、诽谤等方式侵害他人的名誉权。

名誉是对民事主体的品德、声望、才能、信用等的社会评价。

**第一千零三十二条** 自然人享有隐私权。任何组织或者个人不得以刺探、侵扰、泄露、公开等方式侵害他人的隐私权。

隐私是自然人的私人生活安宁和不愿为他人知晓的私密空间、私密活动、私密信息。

## 水面下的小男孩

"法院判了。但房子什么时候拿到,房产证怎么去办,还是未知数。二哥已经把我的微信拉黑了,同样也有遗产继承权的大哥和妹妹们一直保持沉默。"陈小华通过微信告诉我,"但我不后悔,因为这是我作为一个女儿应当享有的权利。"

## 我的声音　唤你回头
——与《民法典》关联的女性权益故事

　　汤朝千引荐我认识了一位叫小桂的来访者,那天是 2021 年 1 月 3 日,恰逢我的朋友陈小华(化名)在民事诉讼中胜诉。在此之前,她起诉了自己的二哥,想通过法律手段拿回属于自己的房产。最终,她赢得了这场官司。但也就在那一天,陈小华 75 岁的母亲急火攻心,住进了医院。

　　陈小华跟自家哥哥打官司的事情传遍了十里八乡,算是折腾出了动静。一位老爷子嘴上叼着烟杆评论起这事:"要说,还是小华那女子不明理,自古'嫁出去的姑娘,泼出去的水',这个道理她不懂吗?倒退个几十年,姑娘家只要嫁出去,既不允许回娘家过年,也不允许清明节回乡给老人上坟,现在还是放开了些。这是啥?这就是我们乡坝头的规矩!陈小华她爹留下的房子、土地啥的,不是她亲哥的还能是谁的?"评论这件事的老爷子在村里颇有威望,当年镇上的集体企业有几个招工指标,他家的女儿符合条件,单位也看中了,可老爷子硬是把自己女儿拉下来,让自家儿子顶了上去。后来,这个女儿嫁到了别的县,就在街面上做点小买卖,几十年里几乎没回过娘家。

"无所谓，农村人就没指望女娃儿养老，将来给我送终也轮不到她。"老爷子说，"有一说一，她小时候我们也就凑合着养活，大了我们也没上什么心。我们亏待了她，所以她也不必管我们死活。当然，也更不用指望我们留什么给她。"

十里八乡的风言风语自然也传到了陈小华的耳朵里。但我这个朋友倔啊，根本不肯服软。

我算知晓陈小华根底的，虽说知道她的委屈，但觉得，跟自家亲哥哥打官司争房子，在乡里的人看来绝对是一出闹剧——由一个女娃子挑起的闹剧，在乡里乡亲间失了颜面名声，总归不好。毕竟，一个村子里的人，十有八九沾亲带故，人与人之间呀，仿佛有一张由血脉亲缘编织成的错综复杂的网。我劝过陈小华："你看呀，当年你初中毕业，你家里都不主张你继续读书，父亲让你直接辍学，母亲喊你读个中专技校，最后还是你二哥出钱供你读的高中。咱们就不计较你哥手头那套房子吧，反正位置偏，你将来也不会过去住。就让他帮忙把你家女娃的户口上到那房子里，想办法解决读书的事情就好。"可陈小华斩钉截铁地说："情归情，理归理，我就要讨一个公道。"

陈小华上有两个哥哥，下有两个妹妹。她是1975年出生的，两个妹妹则分别出生于1977年和1978年。两个哥哥当中，大哥是从叔叔家抱养过来的。当年，母亲嫁给父亲好几年肚子没有动静，按照农村的传统，需要从别家先抱个孩子过来养，叫作"引一引"。那时，叔叔家已经接连生了四个男孩，养得十分辛苦，父亲便把他家最小的男孩抱了过来。说来也神奇，大哥过继到家里的第二年，母亲便有了身孕。二哥出生后，又有了陈小华和妹妹们。二哥是亲生的，在家中自然格外金贵。陈小华记得，小时候家里生活条件不大好，一年到头难得杀只鸡，望着炖得喷香的鸡肉端上桌，三姐妹馋得直流口水，但没有人敢动一下筷子。她们都知道家里的

## 我的声音　唤你回头
——与《民法典》关联的女性权益故事

规矩：鸡腿归二哥，鸡身归父亲，鸡翅归大哥，鸡头、鸡脖、鸡爪由母亲分给姐妹仨，母亲常常只是喝点汤。孩子小不懂事，女娃们嚷着要吃鸡腿、鸡肉，母亲"教育"道："男人们才是家里头的顶梁柱，咱家都靠着他们呢，啥子事情都要紧着他们来。"大哥不喜欢读书，很早就去了广东打工，后来又做了包工头。二哥读书也不行，17岁在镇上开铺子卖水果，父母把家里所有的钱拿出来，又找亲戚朋友借了一大笔，才得以开张。这样一来家里没了积蓄，陈小华的两个妹妹小学刚毕业就辍了学，出去打工补贴家用。陈小华念初二，成绩年级第一，班主任出面做她父母的工作，她才得以继续读书。读到高中，生意做得红火的二哥给陈小华交了学费。就是这样，家里80岁的老祖母还抱怨得厉害："我像女子那么大的时候，读书？想都不敢想，兄弟念私塾，我跟娘两个站在冰冷的河水里面洗衣服。哎呦，腊月间，河水冷得浸骨头，落下一身病。'嫁出去的姑娘，泼出去的水'，读书纯粹是烧钱！"20世纪90年代初，考大学是真正的"千军万马过独木桥"，县城中学里每年只能飞出几只"金凤凰"，攒足了劲头读书的陈小华两次落榜，终究没能考上大学。

人情欠了，钱也得还。几年后，二嫂到陈小华打工的重庆主城区，找她偿还当年哥哥资助的学费，还得加上1000元的利息。"妹妹莫怪哈，亲兄弟，明算账。"嫂嫂一边数着钞票，一边说。临走，把一网兜带黄泥的新鲜土豆塞给陈小华，并说道："农村也有农村的好处，地里的东西新鲜。"也是冲着二嫂这句对农村的夸耀，陈小华一直没有动自己的农村户籍，还想着有一天她在城市累了，可以回乡种那一亩三分地。把户籍留在乡下的，还有多年来一直在外打工的大哥和妹妹。

父亲去世，兄妹五个按照农村习俗给老人家料理后事。二哥作为当家人走在最前面，戴孝帕，摔碗，其他亲属紧随其后。父亲是猝死的，上午人还好好的，下午在院坝晒萝卜干摔下去就再没起来……对于自己的身后事没有留下任何话。按照西南地区农村的习俗，家里所有的一切都留给了二哥，因为他是家里唯一的亲生男丁，甚至母亲和大哥都没得到什么。母亲也托付给了二哥。葬礼结束后，大哥急匆匆地赶回广东，泪痕犹存的三妹、四妹并没有什么想法，唯独陈小华临回城前踌躇于那栋有二十多个房间的四层农家小楼——它盖在村里分给祖辈的那块宅基地上，陈家儿女出生、成长都在那块土地上。虽然数十年来它的面貌不断改变，从几间简陋的土坯房，到坚固的砖瓦房，再到如今好几层的楼房，家始终在那里，只是户主由父亲变成了二哥。

"我再回来，还有我落脚的地方吗？"陈小华问。玩笑的口气中含着一丝忧虑和不安。

"放心，这里永远有你的房间，欢迎你随时回来住。"二哥拍拍她的肩膀。

其实，父亲去世前一段时间，全村的土地要被整体征收、村民全体"农转非"的小道消息传得沸沸扬扬。

一个多月后，陈小华听到一个消息，母亲被二嫂弄到自家楼房旁的平房里去了。平房是原先旧宅的一部分，当初留下来是专门用来堆杂物的。迁移母亲，二嫂的理由是老人家腿脚不好，住在二楼上上下下不方便。这不，上个月还跌了一跤，好在没出什么大问题。

陈小华问过二嫂，既然照顾母亲的腿脚，那为什么不让她住在楼房的一层。二嫂说，一层拿来给村小的娃儿做"小饭桌"了，没有空地儿。

母亲对二嫂的安排不满意，但也不愿多说什么，生怕给二哥找麻烦。唯一难受的是，平房的地面还是原先打的三合土，太潮湿，母亲总是喊腿疼。

那段时间，对于母亲的事，陈小华无暇管太多。我是知道的，当时她遇到了两件难事：丈夫的生意做不下去马上就要停业了；小女儿即将在城里读小学，需要一大笔钱买房子上户口。弄得她焦头烂额的。

## 我的声音 唤你回头
——与《民法典》关联的女性权益故事

恰在此时,事情出现了转机。紧挨城边的村子因为政府规划将被整体征收,全体村民"农转非",补偿方式为现金和现房安置二选一。安置房的位置就在主城区边上,按政策可以落户主城区。陈小华的哥哥选择了"现房安置",按照"面积补面积"和"算户头"的优惠政策,一口气拿到了七套安置房,其建筑面积50平方米至85平方米不等。哥哥答应把兄妹们的户口继续落在这些房子上,但七套安置房的房产证上却只有哥哥一家三口的名字。

陈小华的大哥和两个妹妹没有什么异议,他们甚至连继续落户口都觉得大可不必,一是因为他们的经济相对宽裕,各自都在自己生活的城市里置了业,买了房;二是大哥知晓自己的身世,认定自己不是"那家人",不想"贪图"更多,而妹妹们早已接受了"嫁出去的姑娘,泼出去的水"的老观念。如果是在过去,陈小华也许会和妹妹们一样保持沉默,但如今她遭遇了特别的困难——小女儿要在主城区读公立小学,不仅需要户口,还要有房产证。前些年大女儿没有户口一直读"高价书",直到后来才凭中考成绩进入了重点中学,但现在家里的经济状况已经不允许再读"高价书"了。于是,陈小华鼓起勇气向二哥提出,这七套房子中应该有一套是属于她的,哪怕只有50平方米。因为,虽然农村修房盖屋的宅基地属于集体所有,但那栋四层楼房是父亲的遗产(母亲是邻村嫁过来的),如今的七套安置房正是来源于此,况且拿安置房时还算了她原先的户头。她是父亲的女儿,父亲生前她并没有少尽孝——父亲在城里住院都是她跑前跑后贴身照顾,逢年过节她都给父亲母亲包数千元的大红包,她虽没有陪伴在老人身边,却每个月都给他们800元的生活费。在农村,这个数目不算低。所以,她有权得到父亲的遗产。没有想到的是,二哥、二嫂断然拒绝,理由是陈小华已经嫁人了,娘家的东西没有女儿的份儿,这是老祖宗留下来的规矩。

和亲哥哥打官司，完全是陈小华迫于无奈的选择。

兄妹俩的争执持续了大半年，陈小华的小女儿眼见再有几个月就要读小学了。把自个儿一直当成"外人"的大哥一路冷眼旁观，妹妹们劝陈小华作罢，免得让村里人笑话。大妹妹甚至说要借钱给姐姐买房，小妹妹也说可以帮衬些。就像打架打红了眼，陈小华坚决不肯，执意要拿回属于自己的东西。母亲虽然老被二哥、二嫂气得哭，在兄妹俩的这场争执中却一直站在儿子这边，想方设法叫女儿咽下这口气："身为女儿家，就要认命，'嫁出去的姑娘，泼出去的水'，向娘家哥哥伸手要东西，是要惹人笑话的。我有哥哥有弟弟，算是家里的独女，当年爹娘过世，我什么都没得到，连娘藏着留下的金戒指、金镯子都分给了嫂子，我还啥也没说哩！"

看着儿子女儿为房子撕破了脸，母亲眼泪汪汪，二哥在二嫂的鼓动下，一点也不肯让步，成天把"这是我们乡坝头的传统"挂在嘴上，企图以此让倔强的大妹妹知难而退。

陈小华为了确认自己的合法权利，专门找律师咨询——也就是我在序言中提到的那位从事法律援助服务多年的律师，妇女儿童权益保护正是他的服务方向。在律师那里，陈小华获赠了一本《民法典》，她也由此得知，还有三个月，这部被称为"社会生活的百科全书"、新中国第一部以法典命名的法律就要正式实施了。《民法典》内容太多，陈小华首先关注的是其中的第六编"继承"。

《民法典》明确规定，继承权男女平等。第一顺序继承人有配偶、子女、父母；第二顺序继承人有兄弟姐妹、祖父母、外祖父母。子女，包括婚生子女、非婚生子女、养子女和有扶养关系的继子女。

也就是说，法律规定，她的母亲、她自己、大哥，还有两个妹妹在父亲没有立下遗嘱的情况下，都是家庭财产的合法继承人。

由此她确定，她拿回一套安置房的诉求是合理合法的。最终，她把自

## 我的声音　唤你回头
——与《民法典》关联的女性权益故事

己的二哥告上了法庭，并打赢了这场官司。

在赶去见来访者小桂的路上，我给陈小华发微信语音表示祝贺。几分钟后，陈小华给我发了段视频，她的老母亲躺在医院病床上，面色苍白，皱纹密布，一边呻吟一边诅咒，还掀翻了陈小华递过去的果盘。

"法院判了。但房子什么时候拿到，房产证怎么去办，还是未知数。二哥已经把我的微信拉黑了，同样也有遗产继承权的大哥和妹妹们一直保持沉默。"陈小华通过微信告诉我，"但我不后悔，因为这是我作为一个女儿应当享有的权利。"

当我赶往汤朝千工作室的时候，小桂已经到了。不像外表时尚活跃的李珍，1992年出生的小桂非常安静。跟她打招呼，她的回答也极简洁。我给她讲我的采访意图，想引起她的兴趣，也并不奏效。只是听闻我对汤朝千说起陈小华的事情——因为我想把他推荐给此时陷入抑郁焦虑的陈小华，小桂似乎来了兴趣，她仔细听着，脸上还带着共情的悲戚。

"如果换成我和我弟弟发生这样的事情，我妈妈肯定会站在弟弟那边吧。农村有句老话，'儿子是一整个，骨肉血亲、养老送终，女儿只是半个，养大就是别人屋里的'，与娘家只剩点骨肉亲缘，所以人道'一儿半女'。"小桂感叹道，"所以，才说'嫁出去的姑娘，泼出去的水'。"

汤朝千听了我对陈小华的讲述，顺口说起一段往事。十几年前，汤朝千在云南边陲武警某部服役，部队日常任务有一项是"枪决死刑犯"。那时他刚入伍，便被派去执行这项任务。枪决现场让不少新战士恶心难受，甚至呕吐。按理说，执行任务回来的第一餐应当尽量清淡素净，但汤朝千回忆，摆在他们面前的却是这样两道菜——浓油赤酱、油腻腻的红烧肉和黑红色的血旺汤（方言，血豆腐汤），这些都赤裸裸地挑起人对枪决现场的回忆。这样的伙食，对于刚刚走出刑场的人来说，看似很不人道，却是心理学上的"暴露疗法"——所谓"怕什么来什么",自然就能帮人很快卸下心理负担。汤朝千是当年表现最好的新兵,在执行完任务的当天中午,依然能够若无其事地大口吃肉。在部队的时候还好,退役后汤朝千却长期被噩梦困扰。一个被他枪决的女犯人几乎夜夜出现在他的梦中。这个女犯人只有18岁,临刑时,那张年轻漂亮的脸上竟然看不到一丝恐惧。汤朝千记得,在他举枪射击的一瞬间,那个女子的嘴角突然上翘,脸上居然浮出了笑容。是的,她的两侧脸颊竟被牵动着露出了浅浅的酒窝,像是突然轻松了,或者说是解脱了。汤朝千对这个女犯人印象十分深刻。战友们告诉他,这个女孩是因贩毒而被判处死刑的,在这里,这种情况不在少数。后来汤朝千才知道,这个地区重男轻女的现象非常严重,女孩子生下来就被认为是家里的累赘,她们六七岁就开始做家务、下地种田,还要时时担心被父母抛弃,能读完小学对她们来说已经算是天大的福气,到了十几岁,或是嫁人,或是出门打工挣钱。对这些女孩子来说,她们更乐于出去打工挣钱,因为可能有机会衣着光鲜地回乡,在曾经百般轻视践踏过自己的父母兄弟面前找回做人的尊严。可惜,天上不会掉馅饼,一心想挣钱却没有文化的少女们常常落入坏人的圈套,从而走上不归路。对此,汤朝千大受触动。在部队时,每天繁重的训练任务让他无暇多想,但退役以后,内心深处的遗憾便频频出现在他的潜意识里。

"当初,我正是为了从夜夜阴魂不散的噩梦中彻底解脱出来,才开始学习心理学。我最想帮助的就是弱势的女性群体。"汤朝千告诉我。

陈小华的境遇让小桂打开了话匣子。

小桂记得,那个被全家宠爱的小男孩,是在她四岁的时候被母亲抱在怀里,出现在她面前的。"这个奶娃娃是你的弟弟。"母亲说。父母已经很久不见了,他们在小桂一岁的时候就外出打工,逢年过节也几乎不回家。同小桂一起生活的,只有上了年纪的祖父母。稍大一些之后小桂才明白,

## 我的声音　唤你回头
——与《民法典》关联的女性权益故事

父母外出打工，不只是养家糊口，还有一个隐秘而重大的"任务"——跑到城里生个儿子。20世纪90年代初，四川农村计划生育工作抓得很紧，对于想"偷生""超生"儿子的家庭来说，从乡镇传来的每一条消息都让他们惴惴不安。在城市里，小桂父母属于边缘人，似乎没有人关注他们，更不会盯着他们是否"偷生""超生"。这次父母带弟弟回来，就是用打工挣来的钱缴罚款，给弟弟上户口。

弟弟的到来使小桂的生活发生了许多变化。祖父母一辈子面朝黄土背朝天，对待孙儿和孙女，就像对待田间地头的稻穗和稗草一般。祖母给小桂在锅边炕（方言，烤）馍馍，油盐全无，给弟弟做的馍馍不仅有肉馅，还是用油煎过的。小桂咬了一口，馍馍又干又硬，她撇了撇嘴，祖母就叫她要好生惜福，说是身为女子苦的日子还在后头。祖母常常说起，小桂能活着长大已是十分幸运，那时有的人家连生好几胎都是女儿，为了减轻负担，便把女婴溺死。祖母告诉小桂，当初她上头已经有两个姐姐了，父亲差点把她扔到林子里，幸亏母亲拼死阻拦，才留下她这条命。

那时村子里只有一部公用电话，在外打工的父母每每打来电话，话题都只有一个：弟弟怎么样了？末了，还专门对小桂一番叮嘱，做姐姐的一定要多关心和照顾弟弟。你怎么样不重要，只要弟弟健康成长就好，他是家里的希望。

几年后，父母把小桂姐弟俩接到城里生活。小桂是做家务的主力，全家人的衣服都要她洗，弟弟想帮着做点什么都会被母亲阻止。母亲总是教育她要让着弟弟，好东西都要拿给弟弟，"甚至同样是考试没有考好，母亲对弟弟轻言细语，对我却极尽尖酸刻薄。那一番话语摆明想让我知道，她对我的一切付出已经是极大的恩赐了"。所以，小桂一直生活得很压抑。小桂十几岁时父亲去世了，家里的经济状况急转直下。小桂千方百计熬到大学毕业，一个观念早已在她的头脑中根深蒂固：在什么单位上班不重要，重要的是能挣到钱，然后把钱交给母亲。大学毕业后，小桂来到人生地不熟的重庆创业打拼。那时，她与朋友合伙承包了工地的食堂，身上背了许多债务，资金周转困难，每天早上醒来，脑子里想的第一件事就是钱的问题怎么解决。为了节省开支，小桂每天早上5点多钟就到菜市场买菜，整日里忙得筋疲力尽。然而不管她有多难，母亲要钱的电话总是响个不停。母亲要她拿钱接济弟弟，小桂哭诉自己也要生存，别的不说，在大城市租房每个月都要花上千块钱。所以连续几年，几乎一接通电话母女二人就会争吵，彼此都用了最伤人的言语。为了缓和与母亲的关系，小桂请母亲到食堂帮忙，"可是她为人处事斤斤计较，说话刻薄，又喜欢贪小便宜，并且认为自己做的事情都是有道理的"。无奈之下，她只能劝母亲回家，母女关系进一步恶化，几乎完全不能沟通。小桂的一系列精神和心理症状正是在这时出现的。有时她独自开车，会突然觉得前方白茫茫的一片，找不到方向。和李珍一样，小桂发觉自己可能患上了抑郁症，最终得到了医院的确诊。医生给她开了药，但她仔细查看了那些药的副作用，吓得不敢吃。于是，她开始尝试在线上进行心理咨询。与工作室相比，线上咨询的价格要便宜得多，一个小时几十块钱，但小桂感觉效果不怎么明显。自己隔着屏幕向心理咨询师倾诉了大半天，可对方却只有寥寥几句建议，"你要想开些"，小桂显然做不到。

2016年，小桂开车行驶在过江大桥上，甚至起了轻生的念头：直接把车开到桥底下去，冲进江里，一了百了，告别一切烦恼。

"小桂的创伤，来自传统农村家庭对女性的轻视与欺凌。用心理治疗来愈合创伤，面对面交流显然更有温度。"汤朝千说。

2020年9月，小桂成为汤朝千的来访者。几个月的时间里，汤朝千给她做了三次催眠。对催眠状态下"看见"或者"经历"的一切，小桂印象深刻，娓娓道来——

## 我的声音 唤你回头
——与《民法典》关联的女性权益故事

第一次催眠。我感觉自己站在一条田间小路上,四周都是水塘,这样的情景我常常在家乡见到。可是,水塘突然开始涨水,小路的四周渐渐被水淹没,我站立的那块地方成了一座孤岛,这种被包围的感觉实在令人恐惧。惶恐之际,我听见了汤老师的提示,他让我尝试着低下头,看一看水面之下有什么。于是,我低头注视水面,发觉原本浑浊的水质突然变得透彻清亮,水不深,能清晰地看见底下随波摇曳的水草和五彩斑斓的小鱼。正看得入神,一张恶魔的脸突然出现在了水面上。对,是那种玄幻片里常见的面目狰狞的恶魔。我一下子被吓醒了。

(汤朝千说,恶魔是小桂潜意识里对自己生存环境的认知。)

第二次催眠。不知为何,我再次站在四周被水包围的"孤岛"上,情形和之前一模一样。但这次我没有那么害怕了。我无意中垂下眼帘,发现一个小男孩渐渐浮出水面。男孩只有七八岁,看上去很强壮,他站在我的身旁,伸手牵住我,拉着我往前走。奇怪的是,随着那个男孩的走动,四周的水渐渐退去,露出一片片茂密的稻田。我跟着这个男孩一路走远,水稻由绿变黄,渐渐成熟了。我们行走在金黄的稻田里,稻秆上的叶子尖锐锋利,割在身上生疼,我哭出声来。这时,汤老师叫我停下脚步,请那个小男孩割下小路两旁的稻子。于是,一条顺畅的路在稻田中被开了出来。小男孩带着我一直走,前方仿佛看不见尽头。汤老师提示我,我的左边衣服口袋里有一把钥匙。我掏出这把钥匙,眼前即刻出现了一道门,用钥匙打开这道门,我方才发觉自己回到了祖父母家的堂屋——屋里没有老人,正对门的墙上依然供奉着"天地君亲师"的牌位,祖先的遗像挂在牌位一侧。小男孩站在堂屋的正中。我不敢在这个阴森的堂屋里再待下去,正想起身离开,又接到了汤老师的指示,他希望我能和小男孩进行交流,但我没有做到。我决然离开,把那个小男孩留在了堂屋里。第二次催眠过后,有很长一段时间,我觉得这个小男孩就在自己身边,他五官模糊,但如影随形。

（汤朝千说，小桂潜意识里希望自己是个男孩。她之所以不愿和小男孩交流，是因为觉得潜意识中的自己很危险。）

之所以做第三次催眠，是因为我感觉身边这个如影随形的小男孩（潜意识中的我）越来越虚弱，快要死了。在催眠场景中，那个小男孩与我握手告别，说他必须回去了，如果有需要，会随时出来帮忙。

小桂的讲述，确实让我瞠目结舌。

"其实三次催眠，我就做了一个工作，让潜意识中的小桂与现实中的小桂顺利衔接，让她与自己和解，勇敢面对生活的不完美，敢于对不合情理的东西说'不'。这样一来，心理问题便迎刃而解。"汤朝千告诉我。第一次心理咨询当晚，小桂睡得很踏实。

烦恼依然在当下。小桂的弟弟虽然已经工作并交了女朋友，但母亲依然想让小桂照顾弟弟并负担他的一切。

"我与母亲的沟通比较顺畅。以前母亲一句话就能给我带来很多负面情绪，现在我已经不会去反复琢磨母亲的话，再从中生出各种委屈，自然就没有那么多烦恼了。"小桂说。

如今的小桂不会再像过去那样硬撑着了，她懂得量力而行。"可以理解'百姓爱幺儿'的心态。我是女儿，但我不比任何人低下，所以，我自己首先要活好。"

### 我的声音 唤你回头
——与《民法典》关联的女性权益故事

**本章与《民法典》关联法条：**

**第一千零四十三条** 家庭应当树立优良家风，弘扬家庭美德，重视家庭文明建设。

夫妻应当互相忠实，互相尊重，互相关爱；家庭成员应当敬老爱幼，互相帮助，维护平等、和睦、文明的婚姻家庭关系。

**第一千一百二十六条** 继承权男女平等。

**第一千一百二十七条** 遗产按照下列顺序继承：

（一）第一顺序：配偶、子女、父母；

（二）第二顺序：兄弟姐妹、祖父母、外祖父母。

继承开始后，由第一顺序继承人继承，第二顺序继承人不继承；没有第一顺序继承人继承的，由第二顺序继承人继承。

本编所称子女，包括婚生子女、非婚生子女、养子女和有扶养关系的继子女。

# 远远看着你

"对我的妻子，以及和我得同一种病的儿子，我只能说声抱歉，我实在没有能力，包括身体上的和经济上的。所以，作为丈夫，我只能远远看着你。如果离婚，我一贫如洗，名下没有任何财产，你需要的补偿我拿不出来。如果你不介意我现在的状态，那么我们可以继续过下去……"

## 我的声音　唤你回头
——与《民法典》关联的女性权益故事

　　法庭上，那个男人苍白憔悴，瘦得只剩下皮包骨头。初秋季节，山城余热未消，人们都身着短衫薄裙，男人却穿一件厚夹克。然而层层包裹仍遮掩不住他身体的颤抖。从2020年秋到2021年春，男人不止一次站在法庭上，却始终保持着彬彬有礼又不乏诚恳的态度。

　　"对我的妻子，以及和我得同一种病的儿子，我只能说声抱歉，我实在没有能力，包括身体上的和经济上的。所以，作为丈夫，我只能远远看着你。如果离婚，我一贫如洗，名下没有任何财产，你需要的补偿我拿不出来。如果你不介意我现在的状态，那么我们可以继续过下去……"

　　陪审员谢乐曦为我讲述了这起离婚案子。她特意突出了"远远看着你"这五个字。这五个字，极其恳切又深情地从那个病怏怏的男人口中徐徐吐出。如果忽略这个真实的故事，你几乎可以凭它编一部言情剧——男子迫不得已远离自己的爱人，离开她，是因为爱她……但现实绝非偶像剧，与"远远看着你"相关的，是被隐瞒的遗传疾病，是长达三年的"消失"与找寻，是一个女人带着孩子四处求医的疲于奔命……那位妻子听到丈夫在法庭上那番恳切的话语后是怎样的反应，谢乐曦起初并没有告诉我。在后来的"复盘"中我才知道，伴随一次次的调解和审理，她最初是抓狂，然后又愤怒地反驳，再后来情绪逐渐淡化……最终，她只是冷冷地看着男人自说自话，与律师一起将一大沓证据呈送法官。

一般说来，在司法实践中，离婚案件以不公开审理为主。因为此类案件即使不涉及个人隐私，也会涉及夫妻关系，若公开审理，夫妻矛盾暴露于大众面前，会加深双方的对立情绪，不利于案件的审理。然而，这对男女从始至终均未提出"不公开审理"的申请，所以他们的一切都呈现在了庭审现场。但这恰好是两人想要的：男方想要公开表明他的诚恳、无奈和无助，以及想要挽回婚姻的决心；女方则想要社会上更多人看到这个男人的真面目，彻底地与这个男人做个了结。

新年，又一次庭审即将开始，结局可以想象——这次，婚是一定离得成的。按照刚刚施行的《民法典》，这桩原本可以申请撤销的婚姻延续至今，许多后果已经难以挽回，对于一个年轻女性的伤害将伴随终身，男方的赔偿如何落实到位还另当别论。讲几句题外话，当下法院判决了的民事案件，执行仍是一大难题。有律师朋友告诉我，他曾帮助一位法院判决离婚的家庭主妇，"拦截"没有落实夫妻共同财产分割且长期拒付孩子抚养费的前夫，后者已经被法院列入"失信人"名单，也就是社会上常说的"老赖"。"拦截"是不容易的，必须得到法院的支持和协助。这位律师告诉法院：那个人终于飞回这座城市了，明天早上七点半会出现在某小区，请求执行。但法院的工作人员告知，他们早上八点半上班，所以八点半以后才能派人去执行。我当时对"飞回"这个词很感兴趣："不是说对'失信人'要进行高消费限制吗？他怎么还能继续坐飞机呢？"律师闻言笑了，说我太天真。这些人自有他们的渠道和方法，不少"失信人"住着别墅开着豪车，只是别墅不在他的名下，车主另有其人，银行卡也是挂在他人名

远远看着你

### 我的声音 唤你回头
——与《民法典》关联的女性权益故事

下。他们的资源钱财一样不少,只是拒绝承担自己应当承担的责任而已。这大概也是国家对"老赖"重拳出击的原因。

"远远看着你?哼!你根本无法想象那个男人在法庭上有多么淡定,尽管女方的遭遇是那样令人震惊。连法官都一度认为他是一个为生活所迫的好人。我告诉你这个案子,是希望你能去深入采访,并把这个故事作为案例写出来,以此警醒更多的年轻女孩——择偶一定要谨慎,要调查,绝对不能头脑发热、盲目做决定。"谢乐曦一脸严肃。

其实,我写这个系列的报告文学,最初的动因就是"远远看着你"这个案例,但没想到又由此牵出更多的故事。为了"复盘"这个真实事件,我走访了许多人、许多地方,采访了社会学教授和心理咨询师,因为我更愿意从深层次来剖析事件的因果。所以,后面我会在讲述中引入一些观点和见解。

那个被"远远看着"的女人,姑且叫她小雨吧。小雨长在一个条件优越的家庭,生得漂亮白净,大学毕业后成了一名公务员。在一次朋友聚会上,小雨结识了某高校的"博士后"傅泽(化名)并对他一见倾心,两人在短短几个月内迅速恋爱、结婚。

我向一位深谙婚姻家庭问题的女心理咨询师询问:女孩子这么好的条件,为什么不好好考察一下自己的恋爱对象,要这样着急?还有,男人身患遗传性疾病,平日肯定也是有迹象的,为什么没有觉察?

这位心理咨询师认为,女孩子选择"闪婚",可能存在三种情况——

第一种,女孩子本身的思想不够成熟,或较为叛逆。一些被父母捧在掌心里的城市女孩谈恋爱时容易头脑发昏,只要喜欢一个人就会投入自己的全部精力,将现实生活与童话故事混为一谈,急着认定那个对她好的男人就是她一辈子的依靠。哪怕旁人把这个"白马王子"的缺点看得一清二楚,为了劝她把嘴皮子都磨烂了,她还是固执己见,一心要和他结婚。而在管教严厉的家庭中长大的女孩更容易叛逆。有一个女孩子,父母都是机关干部,从小家里就立下了许多"家规",吃饭的动作、走路的姿势、平日的仪态都有讲究。可就是这样被极度管控的一个"乖乖女",从"网恋"到"奔现",与一个帅哥仅仅相处了两个月就私奔到云南边境"结婚"了。帅哥是个毒贩,女孩也跟着他吸毒贩毒,最终双双被警方抓获。在看守所里,女孩对前来进行救助的心理咨询师说,她觉得即使坐牢,也强过待在家里天天被母亲指责。还有一种"叛逆"很特别,有的女孩有些自卑,觉得周围的人都"瞧不起她"或"觉得她不够漂亮",为了向周围人证明自己不缺乏追求者,便出现了随意的婚姻——只要这个人有钱或者帅气,总之具有一项肉眼可见的长处,那么她就会选择嫁给他,借此"提升"自己的"价值"。

第二种,与父母的催婚有关。

"你这么大了,不结婚可怎么行?"

"你不结婚,我和你爸死了都闭不上眼!"

"你无所谓,你听听亲戚朋友私底下的议论!爸爸妈妈脸红呀!"

…………

这些言语都出自那些逼婚的父母之口。在公园的"相亲角",那些悬挂着的细绳上,大小不一的纸片随风飘扬,儿女们优渥的个人条件也一目了然。父母替儿女找对象,"婚媒"和骗子也悄悄混迹其中。有闲逛的老人向另一个凑近看纸片的老人介绍经验:结婚前,老两口假装患上了抑郁症,说是为女娃操心睡不着,急得半夜哭,吓得女娃赶紧把自己嫁掉了,结婚对象还是一个大学教授。结了婚,父母又开始催生,不生就继续哭,说是看不到孙子不放心,然后女娃就从一个女强人变成了会带娃煮饭的妈。一番说道让听者连连点头称是。

"父母之爱子,则为之计深远。"所谓"计深远"在当下,直接演变为催婚催育。中国父母往往将子女与自己捆绑为一体,催婚催育不光是为了孩子,同时也是出于"养儿防老"的观念。

### 我的声音　唤你回头
——与《民法典》关联的女性权益故事

第三种，孤身一人在大城市打拼，对两个人共同生活的渴望，很容易导致"闪婚"。一个女孩子，傍晚独自逛超市，总是幻想有一个人陪在自己身旁，两个人有说有笑，一起在花花绿绿的商品中挑挑拣拣。如果生活中突然出现一个年轻男子，对自己嘘寒问暖，鞍前马后，聊着共同感兴趣的话题，在繁华城市的车水马龙中，轻轻牵着自己的手，一颗孤独的心便会觉得有了依靠。认识的时间虽不长，可这份感情却再也放不下——这来源于心理上的极大满足，是与孤独博弈取得的胜利。为了将感情延续下去，"闪婚"就成了这类女孩的必然选择。这可以说是一场豪赌，因为短时间内不可能完全了解一个人，女孩子并不清楚自己"非嫁不可"的这个男人人品究竟如何，仅凭一时的感觉就认定对方是自己的灵魂伴侣，简直是拿自己一生的幸福做赌注。

小雨究竟抱着怎样的一种心态走进了这场婚姻，现在已不得而知。傅泽老家在一个小县城，父亲早逝，是母亲拉扯几个孩子长大，家境贫寒，傅泽又一直在念书，没什么积蓄。所以，婚房是小雨和父母凑足全款买下的，装修款也是小雨出的。在母亲的坚持下，房产证上只写了小雨一个人的名字，算是"婚前财产"，好在傅泽没有表现出任何不满。"过日子要朝着好的方向走，不要老想最坏的结果"，傅泽很诚恳地对小雨说。婚礼一切从简，傅泽的母亲与姐姐参加了婚礼，当天来，当天走，甚至不愿意留在城市过夜。

小雨，这个当年有着一颗"粉红泡泡"心的年轻女孩，如今却需要随时与突发的生活事件战斗。过去的美好与幻想，如同她指甲上斑驳的浅紫色渐渐脱落——究竟是什么时候做的美甲，她已经记不清了。

婚后不到半年，傅泽告诉小雨自己马上要"公派出国"。小雨有些舍不得，却没有阻拦。因为出国"学习"或者做"访问学者"，是高校青年教师职称进阶的硬杠杠（方言，硬性标准）。再说，分离也是短暂的，最多两年，丈夫就能回国。小雨为傅泽收拾行李，一件件散发着淡雅芳香气的衣物经过精心折叠，被整齐地放进箱子里，连傅泽平时喜欢的零食也没落下。小雨感叹说可惜酸奶不能带，过不了安检。还没等话音落地，傅泽便从背后紧紧抱住了她，眼里泛着泪花说：等我，我很快就回来。

小雨还给傅泽准备了维生素类的保健品，因为傅泽身体不大好，平日手脚发凉，一变天就感冒，容易咳嗽发烧，晚上喘得厉害，不能平躺着睡觉。他的肠胃功能也不好，一点辛辣都不能沾。傅泽告诉小雨，自己从小就是这样，小病不断，大病没有。

傅泽与小雨中断联系，是在他"到达国外"以后。两人约定，到国外以后用微信联系。傅泽出发那天，坚决不让小雨送他去机场，说是单位把所有手续都办好了，而且也有人和他一起去，不用这么麻烦。那天恰好是星期一，小雨一早有例会，也就没有坚持送傅泽到机场。据小雨事后回忆，傅泽登机后给她发了一条微信："宝贝，已顺利登机！"三天后，傅泽又给牵肠挂肚几乎分分钟盯着手机的小雨发了一条微信："一切已安顿好，勿念！"此后，便不再主动与小雨联系。小雨打视频通话，傅泽从来不接，语音聊天时草草说上两句就称有事在忙，文字回复也是寥寥数字，明显能感觉到对方的敷衍和冷漠。关于傅泽出国这件事，一个最大的漏洞被沉浸在宴尔之乐中的小雨忽略了——她始终不知道傅泽准确的航班信息。小雨父母曾经在电话里问过她："小傅什么时候出发呀？从哪里转机去英国呢？"小雨都答不上来。

两个月后，小雨完全联系不上傅泽了。他县城的母亲和姐姐对此也一无所知，她们告诉小雨，傅泽以前就很少回家，近一年来甚至没给家里汇过一分钱。小雨想起还有一个人和傅泽同去，可惜她没有对方的联系方式。那时，小雨急着要告诉傅泽：她怀孕了！这是小雨的第一个孩子，她当然

## 我的声音　唤你回头
——与《民法典》关联的女性权益故事

要生下来,她的丈夫也必须知情。万般无奈之下,小雨去了丈夫的单位,找到了系领导,想要傅泽在英国的联系方式。这次迫不得已的拜访,让小雨得知了一个惊人的消息——傅泽早已不在这里工作了。

系领导告诉小雨,由于盗窃导师的研究成果,傅泽已于数月前被学校开除了。

"不好意思,我确实帮不了你,我们没有追究他的法律责任已经很宽大了。"系领导摊摊手。他对小雨的处境表示同情,但也无能为力。

第一个黑洞出现。前方一片迷雾。眩晕。

我的丈夫究竟是个怎样的人?他还有多少秘密?前方还有多少黑洞?他现在究竟在哪里?国外?或者根本没有出国,此刻正躲在国内某个小城,开始了新的生活?

至此,傅泽去向成谜。小雨的家里已然炸开了锅。

打胎!起诉离婚!这样的男人纯粹就是人渣、无赖、骗子!这是小雨父亲的观点。

婚姻可不是儿戏,到底该怎么办,还是得把前因后果先弄清楚再说。至于孩子的事情,小雨自己得考虑好。这是小雨母亲的观点。

小雨赞同母亲的看法。毕竟,她得先找到丈夫,一一解开他身上的谜团。孩子是无辜的,她决定把他生下来。她试着在微信上告知傅泽孩子的事情,以及她在他原单位听说的那些事情。这次,傅泽竟然很快回复:"知道了,谢谢你,很多事情很复杂,一时半会儿说不清楚。"之后,小雨又联系不上傅泽了。

六个多月后,小雨生下了孩子,是个胖乎乎的男孩。初时一切尚好,但孩子三个月大时,常常出现感冒症状,小便有难闻的气味,吸收不好,营养不良,身体甚至常常抽搐痉挛。小雨带着孩子跑了好多医院,最终在北京一家医院得知孩子患的是一种罕见的遗传疾病——这种疾病多来自父系，遗传概率高达60%，对于患有这种遗传疾病的男性，医学上并不鼓励生育。它无法治愈，但可以用药物控制——这是一个需要长期看病就医的过程，病人进入中年后，病情也可能进一步恶化。

第二个黑洞突如其来。而这个巨大的黑洞足以吞噬她未来的人生，同时还牵连一条无辜的小生命。

"看，这属于典型的骗婚。一开始这个男人就没有吐露实情，甚至隐瞒了严重的遗传疾病。其实，这样的婚姻应是无效的。"谢乐曦感叹道。

刚刚实施的《民法典》第一千零五十三条明确规定，一方患有重大疾病的，应当在结婚登记前如实告知另一方；不如实告知的，另一方可以向人民法院请求撤销婚姻。请求撤销婚姻的，应当自知道或者应当知道撤销事由之日起一年内提出。

小雨直至生了孩子才发现如此严重的欺瞒，为时已晚。

——从心理学研究来看，女性具有一定的"慕强心理"，在社会关系中特别容易信任"高价值者"，以致在婚姻、工作和日常生活中相对容易受骗。比如，有的女孩子，工薪家庭出身，自己大学刚毕业，每月只有不到5000元的工资收入，却轻信社会上的"消费主义""轻奢主张"，要购买6000元的最新款品牌手机、4000元的名牌墨镜，还有堪称天价的国际品牌包，在高消费欲望的驱使下，囊中羞涩的她们自然只能找到"小贷公司"，陷在"利滚利""以贷养贷"甚至"裸贷"的泥淖之中，无法自拔。在一起电信诈骗案件的庭审现场，无辜的女大学生们作为刑庭被告，低着头站成一排，她们脸上是何表情不得而知。从情理上来说，女孩们是无辜的，因为她们事先并不知道自己从事的工作属于犯罪。这些年轻女孩被犯罪集团从某城市招聘平台以"高薪"聘请，她们从事的工作没什么"含金量"，也就是打电话发信息招揽客户"投资"。至于客户究竟投了多少钱给公司，她们一无所知，只是按月领取自己的薪水和"提成"，却因此而沦为"共

## 我的声音　唤你回头
——与《民法典》关联的女性权益故事

犯"。一笔笔钱最终流入主犯口袋，主犯从账户里把钱取出来，转移给妻子，然后"办理离婚"，这样一来，即使本人落网，赃款依旧难以追回。一位律师告诉我，"电信诈骗"比其他诈骗量刑更重，根据涉案金额，可判处有期徒刑3至10年。这些女孩是真正的受害者，但在当初只要略加留意，不轻信"天上掉下来的好工作"，仍然可以发现诸多疑点。

原本看似圆满的婚姻却遭遇了天大的骗局和欺诈，知情的亲友们纷纷给小雨支招。

有人劝小雨，你还年轻，如今找不到他人，只能先尽力止损，索性就把他不在的这段时间当成"夫妻分居"，用"分居"来达成"自动离婚"。事实上，分居多久都不存在"自动离婚"。我国没有"自动离婚"这种方式，离婚只有诉讼离婚和协议离婚这两种方式。分居满两年，只能作为认定夫妻感情破裂的标志，而不等同于"自动离婚"。刚实施的《民法典》规定，夫妻因感情不和分居满两年，经人民法院调解无效，应当准予离婚。

也有人建议可以按照"夫妻一方下落不明"来起诉离婚。最高人民法院《关于适用〈中华人民共和国民事诉讼法〉若干问题的意见》第二百一十七条规定："夫妻一方下落不明，另一方起诉至人民法院，只要求离婚，不申请宣告下落不明人失踪或死亡的案件，人民法院应当受理，对下落不明人用公告送达诉讼文书。"我国《民事诉讼法》第九十二条规定："受送达人下落不明，或用本节规定的其他送达方式无法送达的，公告送达。自发出公告之日起，经过六十日，即视为送达。"在法院规定的开庭时间内，被告不出庭，不应诉的，法院即可缺席审理，缺席判决。

从2019年夏天开始，小雨选择一边探查傅泽的行踪一边起诉离婚。她提出，鉴于自己惨痛的经历，离婚的同时，男方必须给予自己经济赔偿。

"这场失败的婚姻当中，傅泽有重大过错。况且这两年我四处奔走给孩子看病治病，出力出钱，独自承担。听说孩子患有跟他父亲一样的病，他的家人甚至连面都不愿露。所有美好的一切都化为无边黑暗，我要讨回我的损失，何况孩子今后还要长期求医问药，这些都要用钱。事到如今，我也绝不相信傅泽真的一贫如洗，他过去的每一句话，我都要打个问号。"

虽然傅泽一直不肯出现，但小雨的多方打探也渐渐有了回音。有人目击傅泽在南方某海滨城市，并且证实他一年前已经在这个城市买房定居。后来又有人在重庆城区里看见了傅泽，他在一个水果店里买水果，距离小雨的居所仅仅两条街。最终，傅泽被找了出来，小雨和傅泽对簿公堂，案件以公开形式进行审理。

民事法庭上，女方痛诉男方的欺骗与伤害，拿出厚厚的一沓证明材料，提出了财产分割和数十万元经济赔偿的诉讼要求。听完女方陈述，男方始终一脸淡定：我有病，我没钱，我之所以住在海滨城市，是因为我的病情已经越来越严重，需要长期在温暖的地方养病。房子不是我的，是我亲戚买的。我的名下甚至没有一张银行卡。至于之前的许多事情，我很抱歉，但这些都是很私人的东西，不方便让你知道。至于孩子的病，我之前确实不知道会遗传。我爱你，我想和你在一起……但是，对不起，我没有能力和你一起抚养孩子，一起对抗灾难，所以我能做的，也只有远远看着你……

2021年新年伊始，这一案件再度开庭，依照《民法典》的相关规定，这起处处是黑洞的离婚案，最终以小雨的胜诉告终，法院判决离婚。傅泽被判决向小雨支付赔偿费五万元，后续还要承担孩子的抚养费和医疗费。

虽然，往后的日子还有许多未知——目前傅泽名下没有财产可以拿来分割，而那笔并不算多的伤害赔偿何时到位，傅泽是否会依法承担孩子的有关费用，一切都还不能确定。但有一件事情始终值得庆幸，经历了两年多的煎熬折磨，小雨终究是走出了泥淖。虽然前方风雨不断，但她已经成长了起来。

**本章与《民法典》关联法条：**

**第一千零五十三条** 一方患有重大疾病的，应当在结婚登记前如实告知另一方；不如实告知的，另一方可以向人民法院请求撤销婚姻。

请求撤销婚姻的，应当自知道或者应当知道撤销事由之日起一年内提出。

**第一千零五十四条** 无效的或者被撤销的婚姻自始没有法律约束力，当事人不具有夫妻的权利和义务。同居期间所得的财产，由当事人协议处理；协议不成的，由人民法院根据照顾无过错方的原则判决。对重婚导致的无效婚姻的财产处理，不得侵害合法婚姻当事人的财产权益。当事人所生的子女，适用本法关于父母子女的规定。

婚姻无效或者被撤销的，无过错方有权请求损害赔偿。

**第一千零八十八条** 夫妻一方因抚育子女、照料老年人、协助另一方工作等负担较多义务的，离婚时有权向另一方请求补偿，另一方应当给予补偿。具体办法由双方协议；协议不成的，由人民法院判决。

**第一千零九十一条** 有下列情形之一，导致离婚的，无过错方有权请求损害赔偿：

（一）重婚；

（二）与他人同居；

（三）实施家庭暴力；

（四）虐待、遗弃家庭成员；

（五）有其他重大过错。

## 黑夜的猛兽

待无意间瞥见这个男人,心里不由一惊。她太熟悉他了,她对他的恐惧深入骨髓。瞧见曾小美瞥向自己,男人得意地把双拐收了起来,拿在手上,瞬间直起腰,大步朝她走过来,嘴角的肌肉微微抽动,似笑非笑。这样的表情,在过去十年的深夜里,都预示着一场场暴风骤雨的来临。

## 我的声音 唤你回头
——与《民法典》关联的女性权益故事

　　外面又飘起了细雨。

　　下午，曾小美（化名）刚刚踏进法院的时候，天边隐约可见一丝阳光。在山城秋季连续数日的阴雨之后，这一丝从云缝中探出的若有若无的灿烂，应该是快要见晴的征兆。如这即将变好的天气一般，她的心里迸出了一丝丝喜气和希望。可仅仅过了一个多小时，就又变回了阴雨绵延的模样。

　　中途休庭，曾小美走出来，抬头看看天，叹了口气，缓缓地从法院大楼的台阶下来，脸上神情复杂。台阶的另一侧，是一个挂着双拐的男人。他的动作带着刻意的艰难和笨拙，显然是要引起别人的注意。曾小美先前只顾着想事情，也就没有环视周围的环境，待无意间瞥到这个男人，心里不由得一惊。她太熟悉他了，她对他的恐惧深入骨髓。瞧见曾小美瞥向自己，男人得意地把双拐收了起来，拿在手上，瞬间直起腰，大步朝她走来，嘴角的肌肉微微抽动，似笑非笑。这样的表情，在过去十年的深夜里，都预示着一场场暴风骤雨的来临。曾小美明白，虽然胜负未定，但自己这次的彻底反抗想必已经触怒了这个男人，依照他暴躁的个性，是不可能轻易放过她的。男人走近，三米，两米，他将拐杖微微抬了抬，使得它们看上去更像武器。"站好，贱人！"男人发出低沉的吼声。曾小美条件反射式地尖叫了一声，先是踉踉跄跄后退了几步，然后脚后跟一滑，眼看就要跌下台阶，恰在此时，有人一把扶住了她。身形高大的李高飞律师护住了被吓得浑身发抖的原告，并大声斥退了举着拐杖步步紧逼的矮壮男子。

李高飞当过兵，身上总有一种独特的气质，这令他的当事人，尤其是女性当事人，颇有安全感。

"一看就知道，曾小美在经年累月的家暴当中成为弱势的一方，她早就习惯于躲避、尖叫、退让……而这一切，都让她的丈夫更加有恃无恐。"采访中，李高飞对我说。

李高飞很小时便对"家暴"记忆深刻，幼年的经历使得他立志从事律师行业，全力救助身处极端困境的女性。李高飞的老家陋习横行，彩礼高达几十万元，男方家庭往往倾尽所有，甚至债台高筑，才能勉强凑齐这笔巨额费用，娶回一个传宗接代的女人。

"这哪里是婚姻，分明就是一桩买卖。在这样的婚姻里，女人早已不是人，而是成了一架生育机器。'看，我从你父母手中花大价钱买了你，那么你就任我打来任我骑。'女人在家里毫无地位可言。

李高飞记得，老家有一个女人出嫁两年多没有生下孩子，便被婆家大肆欺辱。他们强迫她住在四面透风的柴房里，里面什么都没有，女人晚上和衣躺在地上的枯草堆里睡觉，白天干活时脖子上还戴着一副狗环。直到有一次县里的领导下乡，感觉自己快要被折磨死了的女人鼓起勇气跑去哭诉、求救，终于被法院判决离婚，脱离了魔窟。这个女人后来再婚，生了三个孩子，而前夫再娶仍一无所出，真相终于大白。

话说曾小美的丈夫，那个矮壮的中年男人，戾气很重。曾小美第一次

## 我的声音　唤你回头
——与《民法典》关联的女性权益故事

起诉离婚时，在法院的调解环节，男人也是拄着双拐去的，他在现场哭诉自己维持全家生活的艰辛——成年累月开"火三轮"（方言，指三轮摩托车）拉客，腰都坏了，走路都走不了；说自己平时虽不会像文化人那般轻言细语、温柔体贴，但凭一己之力，可以让老婆儿子衣食无忧。他还一再强调自己经济条件优越——有拆迁所得的三套房，而老婆嫁过来时一无所有。曾小美的困境也正在于此，她不愿意生活在暴力之中，但离开这个家，自己又无处栖身。法官告诉曾小美："若是离婚，房产属于婚前财产，需要你们自行协商解决。"

《民法典》关于"调解及诉讼离婚"有明确规定，实施家庭暴力或者虐待、遗弃家庭成员，调解无效，应当准予离婚，此外，无过错方还可请求离婚损害赔偿。如果能够证明自己正身处家庭暴力之中，事情可能就会是另外一番模样。事实上，多年前曾小美刚陷入家暴泥沼时就想到过求援，她拍下自己身上的伤痕——很多还是在隐私部位，找到社区和区妇联，希望能得到他们的帮助。对方确实也很快提供了帮助。起先是说服教育，这是当下最常见的调节措施。我在街道听说，有60多岁的妻子用锅铲将80多岁行动不便的丈夫头上敲得青肿，导火线是"老头好吃懒做"。社区负责民事调解的专员登门进行调解，最后妻子向丈夫赔礼道歉，并写下"再也不殴打老伴儿"的承诺书。但没过多久，又传出那个阿姨不给老伴饭吃的事情。社区书记会同社区司法人员再次上门调解。那个阿姨一脸无辜：没有啊，我怎么虐待他了？我打他骂他了？他有糖尿病，我做的饭他吃了会发病，那他自己做好了，不会做饭怪谁呀！

话说妇联和社区听了曾小美的哭诉，看过她身上的伤痕，非常同情她的遭遇，立刻找到了她的丈夫，苦口婆心批评教育。看见家里来的女客，刚刚出工回来的男人特意收起所有的烦躁，换上一脸热情，给客人们端茶倒水，搓着手端正立在一旁，口中连连称是：你们教训得很对，男人当然不该打女人,但我那堂客(方言,指妻子)喜欢夸张,她摔一跤,还要冤到我头上哩!来人离开,男人的好态度和耐心一直保持到入夜。等到曾小美刚上床伸了一个懒腰,以为一切都过去了的时候,假寐的男人转过身,迅疾坐起来,一把扯住曾小美的头发,朝她脸上扇了两个耳光。可怜的女人还没有从眩晕中回过神,男人已经骑在她身上,拳头如雨点般落下;抓扯,内衣被撕烂,皮肤上到处是血痕。夜里,疼痛和惨叫声紧紧纠缠。邻居们很清楚,曾小美又被老公打了。但这种情形,他们已经见惯不惊。打老婆的事情太多了,从古到今都是如此。那边那栋房子里的男人打老婆,直接提起鞋帮子就飞过去,好家伙,那是一个头破血流。再说了,不是一直有一句俗语:"夫妻嘛,床头打架床尾和,不是什么大事。"

其实,曾小美并非要完全依靠这个男人,她有自己的工作,是一家大型餐饮企业的员工。28岁的时候,曾小美经人介绍嫁给了45岁开"火三轮"的男人。男人在城郊的自建楼房拆迁,得了三套位置还算不错的安置房。也许男人有性功能障碍,夜里,数次尝试而不得,正年轻的女人难免有怨气。羞愧、自卑和愤怒交织在一起,让男人在深夜对女人施暴。一位心理咨询师告诉我,有勃起功能障碍的患者中有半数长期处于焦虑、易怒或抑郁状态,也就是说,心理因素与性功能障碍之间有着密切的关系。婚后没多久,男人开始监视妻子,严格控制妻子与其他男性的交往。如果他发现曾小美与一个男子说了一会话,那么夜里他便会动手,自称要把这件事情"调查清楚"。

曾小美感觉这样下去总有一天自己会被打死。她也曾在妇联的指引下寻求过法律援助,但援助律师看着她递过来的伤痕图片连连摇头:"这些图片只能证明你的确被打了,也伤得不轻。可惜并不能证明是你丈夫造成的。"

家暴举证难!

## 我的声音　唤你回头
——与《民法典》关联的女性权益故事

家庭暴力一直是横亘于家庭关系与社会关系中的一堵墙。调查显示，在 2.7 亿中国家庭中，有 24.7% 的家庭存在家庭暴力，遭受家庭暴力的大多数为女性，受害人平均遭受 35 次家暴才会报警。而当她们拿起法律武器维权时，往往因难以举证而"落败"。以北京市为例，2014 年 1 月至 2016 年 7 月，北京市各级人民法院审结的婚姻家庭类二审案件中，当事人主张存在家庭暴力的，只有 10% 的案件能够得到法院认定。最高人民法院在 2020 年公布了一组数据，在离婚纠纷中，73.4% 的案件原告为女性，而一审结案中，91.43% 的案件是男性对女性实施家暴。但最后，63% 的案件判决结果是继续维持婚姻关系。

反家暴是一个世界性难题。难在何处？我们不妨从法律和司法解释对举证责任的规定角度来分析。由于家庭暴力往往发生在一个相对私密的空间，具有隐蔽性、施暴长期性和后果严重性等特点，受害者取证困难，成为受家庭暴力侵害的公民维权路上的一只"拦路虎"。同时，虽然《民事诉讼法》规定"当事人及其诉讼代理人因客观原因不能自行收集证据，或者人民法院认为审理案件需要的证据，人民法院应当调查"，但依职权调查取证不是司法机关的主要职责，司法机关仅在特定的情况下才会依职权调查取证。靠一己之力无法解决的家暴举证问题，亟须引起社会重视。

所以，当法院进行调解时，手中没有家暴"铁证"，又为未来住处担心的曾小美，被法院认为"表达离婚的态度并不坚决"，婚没有离成。一跨出法院大门，男人就扔掉双拐，连拖带拽地将曾小美弄回家，接着又是一顿报复性的毒打。之后，男人又在儿子面前大肆造谣诋毁曾小美，使得儿子对母亲产生了极大的误会和怨恨。放学时，曾小美去学校接儿子，孩子却死都不肯跟她走。

在律师李高飞的建议下，铁了心要摆脱噩梦的曾小美搬到了朋友家居住。为了使起诉离婚"一击即中"，在调查取证的过程中，李高飞特意收集了邻居的证言证词作为视频资料，以及曾小美用手机偷偷录下的家暴音频视频。

"我对受害者的建议是，在遭遇家暴后，首先应当以最快捷便利的方式保存证据。可以直接对家暴行为进行录音、录像，以及寻找邻居作证。其次，可以拨打妇联维权热线12338寻求直接专业的援助。情况紧急的可以直接报警，提供相应的资料给警方，说明事情的经过及其严重性，要求警方采取相应措施。"李高飞说。

短暂休庭之后，审理继续。能证明家暴的关键证据被一一展示出来，男人开始变得焦躁不安，他大声嚷嚷着为自己辩解，甚至用不堪入耳的脏话辱骂曾小美。在主审法官宣布家暴事实成立时，男人再也控制不住自己的情绪，冲上前去用拐杖攻击主审法官，之后被现场法警制服，并处以拘留。最终，法院判决二人离婚，除了分割夫妻共同财产，还有家暴损害赔偿。男人当时表示愿意拿出一套安置房给曾小美。

"但是拿这套房子也是一波三折，法院去执行的时候，男人的老母亲就守在那套房子里，放言说谁敢进来，就跟谁同归于尽。法院的人对老太太进行了一番批评教育，这才作罢。最后，在我的劝说下，女方同意将这套房子走司法程序进行拍卖。"李高飞告诉我。

"为什么？"我很惊诧。有房子不住？

"这种情况，宁可拿到钱去另外买套小点的房子。"李高飞回答。

在经验丰富的李高飞看来，如果曾小美住在前夫拿出的那套房子里，那么她极有可能受到骚扰，甚至发生恶性伤害事件。一句话，离他越远越好。

在李高飞看来，曾小美能成功脱离家暴并得到经济补偿，实属幸运——有不少女性甚至连离婚官司都没法坚持下去。她们中有人中了"老板凳"的圈套，一些"行走江湖多年"的"资深律师"主张"按程序收费"，一个程序就是"一万块钱"，一圈走下来就是好几万，后面还有许多需要"交

## 我的声音　唤你回头
### ——与《民法典》关联的女性权益故事

钱"的"项目",对于本身经济就不宽裕的女性当事人来说,只能选择放弃。

但离婚仅仅是女人走出家暴阴影"恢复正常生活"的第一步。

"即使离了婚,表面上看一切分割得清清楚楚,但有的男人依然对前妻纠缠不休。法律在保护弱势女性这方面,仍然有所欠缺。"李高飞说。

有的女人遇到前夫找上门来,面临赤裸裸的言语和行为威胁,她深知对方什么事情都干得出来,于是,女人前往派出所寻求保护,得到的却是这样的答复:你所预计的一切都还没有发生,这里不存在提前报案和预先保护,只能等出现情况后才能报警处置。

李高飞记忆中有这样一起凶杀案:一个饱受"家暴"的女人经历了数年的艰难曲折才得以离婚,但前夫一直不肯善罢甘休,成天跟踪她,掌握了她的所有动向,女方报警然而一直无果。有一天,女人和闺蜜在街边小店吃"串串香",男人突然出现,当众抽出一把尖刀。惊叫,混乱,哀求……女人和她无辜的闺蜜被当场刺死。

离开前夫,曾小美结束了持续数年的噩梦——她不会再在夜间或凌晨遭到暴打,或者于熟睡中被掐胳膊或者扯头发弄醒,然后看见丈夫因欲望无法排解而烧得通红的双眼。虽然她还必须面对被前夫一手破坏的母子关系的修复问题,但毕竟新生活的曙光就在前头。这几个月她的睡眠很好,面色也变得红润起来。

"消除家庭暴力这一久远而隐秘的社会之痛,需要全社会认真思考,共同探求解决之道。"李高飞发出这样的感叹。

这是黄华第 N 次被丈夫郭庆(化名)暴打。

"我甚至有预感,自己会在什么时候挨打。"嘴角青紫的黄华对我说。就在两天前,2021 年 3 月 1 日,因为家中琐事,郭庆再次狠狠地打了她。那一天,恰好是《中华人民共和国反家庭暴力法》正式实施五周年。据中山大学法医鉴定中心统计,近年来被家暴后来做鉴定的受害者以女性为主,且学历呈上升趋势,这说明高学历女性群体的维权意识较强。但仍然存在很多女性不愿意做鉴定,或者是被打了很多次后才来鉴定的情况。借此调查,法学专家呼吁全社会尊重女性,关注女性健康,同时提醒女性,要懂得保留证据,拿起法律武器,维护自己的合法权益。

哪怕没有被殴打的现场视频音频,伤痕累累的身体同样是在起诉离婚现场指控"家暴"的有力证据!

那天,郭庆老家来了好些亲戚朋友,郭庆做东,请大家在酒楼吃饭——他们想集中在一个大圆桌上吃饭,但黄华考虑到疫情,就提议大家分两桌,每桌坐七个人。虽然大部分人都赞同,却有一个留着长胡子的老辈子(方言,指长辈)一边挪开装着花花绿绿东西的塑料袋,一边揶揄道:"哟,侄儿媳妇还讲究呀,是不是嫌我们这些乡坝头来的老东西不干净呀!也好也好,你们年轻爱干净的坐一桌,我们这些老家伙坐一桌。"闻言,郭庆一边劝慰老辈子,一边转过眼来瞪黄华。那天聚餐最终还是分成了两桌,因为按照防疫规定,酒店也不允许一桌坐十人以上。席间,郭庆频繁端着酒杯往来于两桌宾客间。黄华和几个女人孩子坐在一起,郭庆时不时绕到黄华身边,俯身贴耳对她说:"你是越发胆儿肥了,佩服!"黄华还没回过神,郭庆已经走了。旁边一个表姑拍了拍黄华低声说:"我看你家那口子脸色不大好呀,你们闹什么别扭了?"黄华摇摇头,挤出一丝笑容:"没有的事,他最近太忙,昨晚可能没睡好。"话虽如此,黄华心里不知不觉已经结起了一个大疙瘩,中午的饭菜变得一点滋味也没有。

酒足饭饱,郭庆邀请亲戚朋友到家里去打麻将:"过年前家里刚刚装了三架'机麻'(方言,指自动麻将机),楼上楼下都有。走,去感受一下。"有人推辞,说是在外面打就好,在家里怕影响小孩子学习。郭庆连说没关系,小孩子这几天住在外婆家。黄华心里虽然一万个不愿意,但也

## 我的声音　唤你回头
——与《民法典》关联的女性权益故事

没有吭声。岂料,那个留长胡子的长辈又说话了:"不去不去,到时候屋里闹哄哄不说,完了又要劳累侄儿媳妇收拾,侄儿媳妇又是个讲究人,这样多不好意思!"于是,一行人便寻了个茶馆喝茶打牌。

黄华想着郭庆回家估计会很晚,这样也好多留点时间让他淡忘今天的不愉快。为了避免发生冲突,她就也去逛街,顺便给郭庆和孩子买几件春装回来。

"我回到家的时候是晚上九点。看见屋外过道上的花盆里插着一支'软中华'的烟屁股,我心里'咯噔'一下,他居然提前回来了。"黄华说。

她小心翼翼地打开房门,屋里一片漆黑。她摸索着打开了灯,发现丈夫郭庆正窝在沙发里,脸色铁青。

"你怎么不开灯?"黄华话音未落,郭庆已经冲了过来。

"就像一只饿狼扑向羊羔。"黄华回忆道,"他脸上的表情可以用狰狞来形容。"

黄华被郭庆拦腰抱住,扔在沙发上,面朝下,郭庆一只手按住她,一只手使尽全力打她的背部、臀部,远远看去,活像一个家长在暴打闯了祸的小孩。

"叫你矫情,叫你做作!"郭庆一边打,一边骂,始终不停手。

像以往一样,疼痛与屈辱促使黄华挣扎着反抗。她企图翻身,郭庆便按住她的脖子,让她动弹不得;她伸出左手抓扯郭庆的脸,郭庆一把将她的手臂反剪到背后。一瞬间,只听"咔嚓"一声,黄华发出一声惨叫,骨头断了。郭庆显然也觉察到了异样,他松开手,只见黄华的左前臂迅速鼓起了一个大包,她脸色惨白,呻吟着,豆大的汗珠顺着额头滚落下来。

"你怎么样了?不要吓我呀!"郭庆推摇着几乎痛晕过去的黄华,慌慌张张开车送她去医院看急诊。

3月1日晚11点,在暴力发生后的一个半小时,黄华被医生诊断为"左前臂骨折，左肘关节脱位，背部臀部广泛软组织挫伤"。之后连续数天，黄华都笼罩在被暴打的阴影之中，直到被与妇联紧密联系的一个志愿者组织送去做了专业心理咨询和疏导，才渐渐走了出来。适逢那个志愿者组织在做关于"家暴"的相关问卷调查，在"频率"那一栏，黄华填了"6次以上"。

"处理好伤情之后，我拿上了所有诊断报告，包括X光片，然后报了警。"

派出所里，黄华和郭庆各执一词，互不相让。丈夫坚称，妻子是在撕扯过程中自己摔倒扭伤的。妻子却一口咬定，其损伤是丈夫施暴所致。到底是自行摔伤还是他人暴力扭伤？这决定了事件是否会被定性为"家暴"。如果是家暴的话，按照《民法典》规定，受害方不仅能顺利起诉离婚，还能依法要求赔偿。同时，根据家暴的伤害程度，受害方还能提起追究施暴者的刑事责任。

中国老百姓历来最厌弃"打官司"，更何况是为"家丑"打官司，所以发生在家庭场域内、亲密关系中的"家庭暴力"，不仅具有较强的私密性，维权往往也呈现高度复杂性，不仅证据留存不易，其中还掺杂了情感、传统观念等诸多因素。

在家暴案例中，像曾小美与丈夫这样都是初中学历的很多；令人惊愕的是，像黄华和郭庆这样双双有研究生及以上学历的，也不在少数。

黄华的律师告诉我："近年来，我们接触的家暴案例甚至重大伤害案件里，有很多都是高学历犯罪。"

据中山大学法医鉴定中心主检法医师陈燕嫦统计分析，受害者常在遭遇多次家暴后才选择来做司法鉴定。在该中心2016年3月至2020年4月间受理的268例家暴验伤案例中，受害者被家暴次数达3次以上的占71.64%，2次占10.82%，首次占17.54%。

## 我的声音　唤你回头
——与《民法典》关联的女性权益故事

据陈燕嫦的分析报告,在 268 例案件中,受害人为初中及以下学历的有 89 例,占 33.21%;初中到高中学历的有 32 例,占 11.94%;大专及以上学历的有 147 例,占 54.85%。施暴者中,初中以下学历占 43.43%;初中到高中占 8.39%;大专及以上占 48.16%。此外,女性受害者占 90.67%,男性受害者占 9.32%;男性施暴者占 86.86%,女性施暴者则占 13.14%。

"家庭暴力的发生与学历无关,受害者与施暴者群体可见于各个学历层次。"陈燕嫦曾告诉专访她的记者,"其中仍以女性受害者为主,以夫妻关系为常见。来我们这儿做鉴定的案例中,受害者学历呈上升趋势,也说明这类群体的维权意识和证据意识较强。"

在陈燕嫦的研究中,首次遭遇家庭暴力后来做司法鉴定者的受害者占比为 17.54%,仅次于 3 次以上遭遇家庭暴力者(占比 71.64%),大部分人都能够在受伤 24 小时内来做鉴定,这反映出受害者的维权意识和证据意识在增强。"但是,一些低学历受害者受学识、传统习惯等影响而放弃鉴定,或继续忍受家庭暴力的情况还是比较多见的,因此还需加强《反家庭暴力法》的宣传。"

——2016 年 3 月 1 日,我国《反家庭暴力法》正式施行。其中提及,加害人实施家庭暴力,构成违反治安管理行为的,依法给予治安管理处罚;构成犯罪的,依法追究刑事责任。对此,有律师介绍,如果因家暴行为导致家庭成员的伤势达轻伤以上,则构成故意伤害罪,应处以三年以下有期徒刑、拘役或者管制。致人重伤的,处以三年以上十年以下有期徒刑。

黄华是独生女,父母都是城市里的教师。黄华研究生毕业后在事业单位上班,工作稳定,收入一般。郭庆出生在农村,在父母叔伯的供养下,从一所名牌大学的热门专业毕业,拥有博士学位,在一个"世界五百强"企业里任区域高管,年薪百万。二人的结合,实际上是城乡"两种矛盾"

的结合。时间一长，黄华和郭庆相互嫌弃。黄华和父母看不惯郭庆"从农村带来的生活习惯"，看不惯郭家老小动不动就往城里跑，然后住在郭庆家里——为了随时接待家乡人，郭庆专门买了两层楼的复式房子，看不惯郭庆承包了家里亲戚的所有难事大事，包括找工作、小孩考学，而不论是否合理。郭庆认为黄华"对自己家里人不热情"，性情凉薄又矫情。郭庆父母不喜欢黄华，觉得黄华喜欢"乱花钱"，衣服包包都买名牌——虽然黄华一再申明，自己买东西花的都是自己的工资，但农村老人觉得，不管谁的钱，都是"郭家的钱"。2011年小孩出生后，两家人更是因为谁家父母应当帮带孩子以及小孩教育方式等问题闹得很僵。2013年，郭庆母亲到城里给小孙子过生日，其间因为黄华母亲说了一句"有的人就是滑头，孙子丢给别人带，自己既不出钱又不出力"，郭母立刻离开，随后郭庆拍了桌子。那是黄华第一次看见郭庆发那么大的火。2014年初，两人因为孩子读哪家幼儿园起了争执，那是郭庆第一次动手，他狠狠地打了黄华两个耳光。从此，郭庆在家遇事很容易发怒暴躁，常常动手。虽然郭庆事后也会求黄华原谅，还时不时地买贵重礼物赔罪，但维权和离婚的念头却不断在黄华的脑子里盘桓。她也曾为之付诸行动。

2020年初家暴受伤后，被打到脑震荡的黄华曾诉诸法律，请求判定追究丈夫的刑事责任，同时判决离婚。但损伤发生在家中，无监控录像，也无其他证人证词，案件一时陷入僵局。为找寻证据，她前往某鉴定机构验伤，被鉴定损伤程度为轻伤一级，可仍无法证实"致伤原因"系家暴。离婚未成，在分居一段时间后，经不起丈夫的苦苦哀求和对天盟誓，黄华又搬了回去。这次突如其来的家暴，成为压垮骆驼的最后一根稻草。

两天后，黄华在律师的指引下来到市里某司法鉴定中心——于她而言，这次的鉴定结果至关重要，关系着《民法典》的相关规定能否因为"家暴"的定性而发挥效力。这次，黄华和陪同她前来的家人态度坚决，多次陈述

## 我的声音 唤你回头
——与《民法典》关联的女性权益故事

"一定要离婚,希望能证实自己是家暴受害者"。黄华情绪冷静,带来的证件材料等都很齐全。这次,她要用自己的身体作证。

在法医看来,家暴的发生常在于"发泄情绪",致伤方式以拳脚殴打多见。损伤程度主要是轻微伤,轻伤、重伤较为少见,"多见于情绪伤,即施暴时对方控制不住自己,但主观恶意不大。"

同时,法医认为,家庭暴力损伤具有性别特征,"男性施暴者多为拳脚直接殴打,女性施暴者以咬伤、烫伤等非暴力型为主,单部位损伤多见于面部及四肢。这可能跟男女性别及成长心理相关"。

几年前有新闻报道,33岁的男子在睡眠中被妻子用热水烫伤左胸部、双侧肩部及左手、双侧大腿内侧。几个月后,他再次在熟睡时被妻子用热油烫伤头面部、躯干部及双上肢,到医院就诊后报警求助。经法医辨认鉴定,其第一次损伤达到轻伤二级,第二次损伤更严重,达轻伤一级。据调查,该男子为生意人,和妻子结婚八年,育有两个孩子。妻子无业在家照顾孩子,两人经常为琐事发生争执,尤以孩子出生后为甚。

目前,专业司法鉴定中心能够精准地对损伤程度、致伤方式、受伤时间以及致伤物四个方面进行验证。鉴定完毕后,该中心会出具一份司法鉴定意见书,供当事人和法院参考。做伤情司法鉴定时,黄华向法医提供了三甲医院的门诊病历复印件、CT片、X光片等材料。鉴定过程中,法医用校准量角器测量了黄华的关节活动度,并用阅片灯详细审阅了送检的影像学照片,最终得出法医临床学检验结果。而最新出具的司法鉴定意见书让黄华觉得前途未卜的局面有了转机——根据检验结果,由专业司法鉴定中心出具的鉴定书中明确表明,黄华的损伤特征符合钝性暴力作用所致,与她所述被他人扭伤的情形相符,符合轻伤一级。

"所以,受到家暴后一定要自己或请他人帮忙马上照相。"黄华的律师建议道,"最好在受伤处放把尺子一起拍,这样可知受伤范围的大小。

同时要及时向派出所、街道及妇联报案，并领取报案回执。较严重者应先到医院看病，对症治疗，进行影像学检查。"

法医则认为："要注意保留 X 光片等材料，哪怕当时没来得及做司法鉴定，日后也可以作为鉴定依据。"在做家暴验伤司法鉴定时，一般需要受害者提供受伤当时的门诊病历、入院病历、出院小结、手术记录、影像学照片及报告单，因故需要重新做鉴定的，还要提供其他司法鉴定机构的鉴定书。"结果出来后，我们会采集家暴的相关指标，进行深层次研究，给司法部门提供参考意见。"

据有关部门对案例的分析统计，当下社会产生家暴的原因多以家庭琐事为主，其次为外遇、子女教育、婆媳关系、酗酒等。而女性，往往是家暴的主要受害者。综合看，主要有如下几个原因：

一是社会文化方面，传统社会对妇女普遍存在歧视和偏见，认为妇女应该做到"三从四德"，这种延绵不绝的封建思想滋长了男性的"霸气"。

二是在家庭结构中，如果男性有大男子主义，女性又相对软弱，经常迁就男方的错误做法，久而久之，反而容易滋长丈夫的暴力倾向。因为女性通常的想法是你对我好，我就对你死心塌地；哪怕你家暴我，只要你肯认错，我还是会原谅你，这就导致很多女性在第一次遭受家暴后，不是想着如何维护自己的权益，而是看对方会不会认错，如果认错态度较好，就会原谅对方。

三是男女力量上的差别。一般情况下，男性力量较大，女性力量则相对较弱，男性高大魁梧，女性则身单力薄，所以如果情急动手，一般吃亏的都是女性。这也是身体结构原因决定的。

四是法律意识淡薄，认为家庭暴力是家庭内部的事，外人无法干预。事实上，正是因为很多家庭暴力的施暴者没有受到法律的制裁，才助长了家庭暴力的滋长。

## 我的声音　唤你回头
——与《民法典》关联的女性权益故事

黄华与郭庆的矛盾，同样也源于长年累月的琐事，最近一次的争执，则成了她决定离婚的导火索。得到与家暴密切相关的鉴定结论，她觉得阴雨连绵的世界终于又透进了些光亮。

"对致伤方式的定性，将直接影响到法院对她丈夫的量刑以及离婚诉讼的判决结果。"律师说，"就诊记录、伤情影像学资料、出警记录、录音录像、证人证言、微信聊天记录、司法鉴定意见书等，都是法院在定性家暴时的重要参考。"

近年来，也有法医专家提出建设"一条龙反家暴机构"的设想。"这个机构集司法鉴定、心灵帮扶疏导、举证服务等功能于一体，让大家知道遭遇家暴后可以第一时间来这里获取实质性的帮助，验伤、倾诉，还能够直接得到关于证据保留、维护权益方式的建议，解决多地奔波的问题，有利于节约时间，提高效率。希望这一提议能够得到妇联、政府等部门的支持。"

2016年《中华人民共和国反家庭暴力法》实施后，作为该法的核心内容——人身安全保护令制度也正式出台。借此，遭受家暴的受害者可以收集证据向法院申请此保护令，法院即可限制家暴实施人继续实施暴力、跟踪接近申请人，责令其搬出申请人住所等。

"这项保护令有法院的训诫罚款以及司法拘留作为处罚措施，最快可在24小时内签发，期限可达六个月。"有律师朋友告诉我。当然，"收集证据"依然是申请这项"保护令"的重点和难点。

值得注意的是，当前家庭暴力的主体呈复杂化趋势。《反家庭暴力法》中也明确表明，其保护对象包括家庭成员、亲兄弟姐妹、同居关系、抚养照料关系、家庭雇佣关系（如雇主与保姆关系）等，并不仅限于夫妻关系。

社会新闻中也频频出现外遇者伙同情人殴打配偶，幼儿遭受家庭暴力等。以下事例来自相关新闻报道——

贵州省湄潭县一名女童被继父陈某砍伤，女童身上一共挨了四刀，分别在脖子、右手和脚上，其中脖子上的伤最严重。经审查，湄潭县人民检察院于 2020 年 5 月 16 日以故意杀人罪批准逮捕犯罪嫌疑人陈某。

黑龙江省建三江垦区创业农场一名四岁的女童被其继母虐待，从网络上传播的照片中可以看到，女童面部浮肿，嘴唇内侧有伤，额头处有明显的伤口，并且脚和背部有多处烟头烫伤的痕迹。

曾任四川省广安市政协常委、广安市广安区人民政府副区长的黎永兰被男友林雪川袭击后重伤入院抢救，终因颅脑重度损伤抢救无效死亡。林雪川归案后，黎永兰的家人才发现，至少从两年前开始，黎永兰就长期生活在男友的暴力阴影下，几度试图分手未果。

2021 年 1 月 11 日，重庆市高级人民法院发布消息称，近期，重庆市高级人民法院、重庆市公安局、重庆市妇联联合印发了《关于在全市建立一站式人身安全保护令申请工作机制的纪要》（以下简称《纪要》），创新性地提出一站式人身安全保护令申请机制，强化对受害人的保护与救助服务的时效性，大大缩短了人身安全保护令的申请时间和签发时间，进一步提高了人身安全保护令的申请效率，在家暴实施者和受害人之间筑牢了一道"隔离墙"。

据介绍，《纪要》规定前移申请受理平台，深挖家暴源头。对遭受家庭暴力行为或者面临家庭暴力风险的，派出所在接到报警、妇联组织在接待群众时，应协助受害人通过重庆法院网上智能法院——"易诉"平台向法院申请人身安全保护令。将人身安全保护令的申请前移至派出所和妇联组织，清理法院与受害人之间的信息障碍。

此外，《纪要》明确了法院、公安、妇联各自的工作职责。人民法院指定专门的审判团队办理人身安全保护令案件，及时高效地签发人身安全保护令，定期进行回访，了解人身安全保护令的执行情况。公安机关在接

## 我的声音 唤你回头
——与《民法典》关联的女性权益故事

处警过程中发现正在遭受家庭暴力或者面临家庭暴力风险的，应告知受害人向人民法院申请人身安全保护令，指导协助受害人或者其代理人登录"易诉"平台自主申请人身安全保护令，并提交审查材料。妇联组织畅通来信、来访、来电、网络等多种诉求渠道，指派妇联干部协助受害人填写人身安全保护令申请表，并通过"易诉"平台向人民法院申请人身安全保护令。

2021年3月，全国人大代表、成都经典汇文化科技有限公司艺委会办公室主任、微澜文化发展中心主任徐萍在"两会"期间提交了《关于加强我国反家暴相关社会组织建设的建议》的提案。她建议：加强关于我国反家暴相关社会组织的建设，和政府共同发力构建反家暴联盟，对家暴行为形成震慑。

在徐萍看来，反家暴工作是一项社会系统工程，需要全社会及各有关部门共同协作努力。

基于调研，徐萍发现一方面我国妇女、儿童、老人等弱势群体遭受家暴的形势不容乐观，而另一方面我国的反家暴组织相对缺乏、多部门协作联动机制尚未完全发挥作用。据她了解，截至2018年底，全国反家庭暴力社会组织数量过低，不足百家，主要集中在东中部经济较发达地区，部分省、市、自治区无相关组织，能够向边远不发达农村地区提供服务的组织所占比例仅为23.3%。

徐萍认为，国家可以在设立条件、税收减免、行政部门的指导和支持等方面出台政策，大力扶持反对家庭暴力相关社会组织的设立和发展，以弥补反家暴社会力量的不足。

她建议，充分发挥相关社会组织在反家庭暴力事件中事先预防、事中干预、事后救济的作用，以及加强对社会组织自身建设的指导，"让更多的人参与到反家暴当中来，和政府机构一道，形成对家暴行为的震慑"。

**本章与《民法典》关联法条：**

第一千零四十一条 婚姻家庭受国家保护。

实行婚姻自由、一夫一妻、男女平等的婚姻制度。

保护妇女、未成年人、老年人、残疾人的合法权益。

第一千零四十二条 禁止包办、买卖婚姻和其他干涉婚姻自由的行为。禁止借婚姻索取财物。

禁止重婚。禁止有配偶者与他人同居。

禁止家庭暴力。禁止家庭成员间的虐待和遗弃。

第一千零九十一条 有下列情形之一，导致离婚的，无过错方有权请求损害赔偿：

（一）重婚；

（二）与他人同居；

（三）实施家庭暴力；

（四）虐待、遗弃家庭成员；

（五）有其他重大过错。

## 我如果在他的怀中，该有多美

"他不愿意碰我，有时我特意靠近他，表现出一些亲昵，他会立刻起身离开，满脸厌恶。我不知道我做错了什么。我们大概有一年没有夫妻生活了，许多年不曾接吻，也有许多年，他都没有抱过我。他不打不骂，可我已经濒临崩溃，整夜整夜失眠，动不动就流眼泪，感觉精神和心理上已经被逼出了问题。"我在司法鉴定中心见到了一个女人，她这样对我说道。她看上去很痛苦，黑眼圈引人注目，脸色晦暗，眼神涣散。但她的司法鉴定结果却是"一切正常"。

## 我的声音　唤你回头
——与《民法典》关联的女性权益故事

晚饭后,我与丈夫出门散步,时间是晚上七点半。我们每天都固定这个时候出门。丈夫走在前面,步履匆匆,像是赶着去做一件事情,我渐渐落在后面。"哎,等一等,散步用得着走这么快吗?"丈夫停下来,转头,表情木然,带着一丝疑惑看着我:"快点,不快点怎么能达到运动的效果呢?"我小跑几步跟了上去。通常,我们会绕着小区走一圈,小区很大,几乎占据了大半个社区,一大圈下来,将近五公里。一路上,丈夫习惯沉默,我喜欢没话找话,如同在家一样。

"五楼平台上养了四只猫,每一只都肥肥胖胖的,好可爱。有一只今天还爬到六楼,往人家的窗户里瞅呢。如果开了一道缝,那猫肯定会钻进去。"我说。

"猫有什么。同事有几只小猫要送出去,配猫笼还没人要呢。"他目不斜视地回答。

"我的意思就是,五楼有一大片花园还是很舒服,种些蔬菜瓜果,还可以弄个金鱼池。"

"住在五楼，蚊子多得很，烦。"

"一路狂奔"式的散步结束了，回到家里大约八点十分，丈夫照例打开电视机，搜索农业频道，看《致富经》栏目——一年多以前，他与朋友在农村合伙养牛，至今牛还没有出栏。《致富经》的内容并不每天更新，昨天是养山地鸡，今天还是养山地鸡。几分钟后，丈夫失去了耐心，朝洗浴间走去，"你还没洗漱吧？我先洗了。"等我俩都浑身散发着浴室的热气躺在床上，他拿起遥控器关掉电视机，又摸出手机，我拿出刚充好电的平板电脑，打开，插上耳机。我在"腾讯视频"购买了一年的会员，在"爱奇艺"上购买了三个月的会员，还在手机备忘录里列了一张清单，都是我要追的网剧。我看网剧，丈夫刷"朋友圈"、看"抖音"，彼此互不干涉。夜里十一点之前，丈夫就会沉沉睡去，我关掉吊灯，打开小夜灯，继续看剧，直到十一点四十，睡下。春天，我和丈夫各卷一床被子，就像同居在一起的两个客气的朋友。

与我一样，"奔四"的阿红热衷于追剧，只是我喜欢悬疑剧，她更喜欢偶像剧。在"弹幕"里或者"剧吧"中，阿红喜欢自称"老阿姨"。看着屏幕里"小鲜肉"花式撩妹，她嘴边会不自觉地浮现一丝"姨母笑"，"感觉自己就是被那个男孩温柔地护在怀里的小女生"。

阿红是心理咨询师介绍给我的一位失眠症患者。

阿红是五个视频App的"钻石用户"，她的最高纪录是同时追六部青春偶像剧，常常一晚上都泡在这些剧里。白天，想起夜里追的那些"狗血神剧"，阿红自己也觉得不可思议："一个标准的办公室'御姐'怎么会做出这样的事？"在政府机关里，盘起一头长发，习惯穿黑灰色系职业套装，一脸高冷的阿红，更是一点也不会显露出自己"俗气"的"喜好"。

阿红的办公室里有好几个年轻的追星族，阿红觉得她们非常幼稚。但到夜晚追剧时，她的疯狂程度绝不亚于那些年轻女孩。

## 我的声音　唤你回头
——与《民法典》关联的女性权益故事

每每追剧，阿红都会把自己代入"玛丽苏"的情节中，想象自己就是那个被异性宠爱包围的女孩。凌晨躺下后，她往往辗转反侧、难以入眠。一年多的失眠问题，给阿红带来了记忆力衰退、脱发、发胖、急躁、心慌等一系列问题。屏幕光线可能会抑制褪黑素的分泌，对于女人来说，除了失眠，更有患上乳腺癌的危险。凌晨时，手机屏幕忽明忽暗，网剧的故事情节愈发精彩，阿红的心却一点点往下沉，她很清楚自己面临的健康危机。有一天晚上，一直追着的网剧播完了，阿红竟然有一种失恋的感觉。

"这种感觉肯定不正常。"阿红说。

研究表明，一个人看手机和电脑的时间与自身的抑郁程度呈正相关关系，如果你每天花在屏幕上的时间少于两小时，那你基本是健康的，如果超过两小时，那么你花在屏幕上的时间越多，你患抑郁症的几率就越大。据统计，2018年上半年，中国人每天花在手机上的时间增加至五小时，与过去两年相比涨幅达66.7%，其中大部分时间用于移动社交、视频、拍照和游戏。

"屏幕使用时间之所以与抑郁概率呈正相关，是因为这会大量占用我们的社交时间。人是社会性动物，长时间的孤独自然会导致抑郁。"汤朝千说。

和许多同龄女性一样，阿红结婚多年，孩子读书离家，丈夫至少有五年不曾拥抱过她，除了一年中为数不多的几次夫妻生活，他们近三年没有接过吻。阿红的丈夫是个一板一眼的男人，动不动就把"老夫老妻"挂在嘴边。因为是"老夫老妻"，许多夫妻间的"繁文缛节"就可以免了。有一年的情人节恰逢春节假期，孩子在亲戚家玩，阿红想和丈夫一起吃顿情侣大餐，然后再看一场电影——上次看电影还是几年前陪孩子一起。但还未等她开口，丈夫就告诉她，今天他要参加一个老同事的聚会，会很晚回来。她说："什么聚会非得安排在这大过年呀？""你知道什么，聚会不在于吃喝也不在于聊感情,主要是去认识人,积攒一些人脉资源。"丈夫说。吃过早饭,他就走了。那个情人节,阿红只好一个人逛街、吃饭、看电影。

2018年,孩子开始住校,阿红的丈夫就主动申请到郊县工作,理由很充分:孩子住校了,也不需要辅导功课了;郊县的生活补贴高;有丰富的基层管理经验,回来更容易被提拔。

有朋友提醒阿红,让她注意自己的丈夫是否有婚外情。她悄悄调查,并没有发现任何蛛丝马迹。

"也许他是个好人。但有时想想,这样的婚姻又有什么意思呢?"

阿红有几个年纪相仿的朋友动离婚的念头已经将近十年了,可到最后发现彼此纠缠太深,财产、孩子、社会关系,就像旧院子中两棵缠在一起长了百年的老树,盘根错节,动一下便会元气大伤。把一切看淡,也就懒得离婚了。有朋友和丈夫在外各玩各的,彼此都心知肚明。但阿红从小接受的教育让她觉得这样失掉了做人的底线,她不能这样做。

"我熬着夜,在那些幼稚的青春偶像剧里寻找被爱的感觉。"阿红说。

汤朝千认为,人在既往的人生经历中稍微偏离了正轨,导致在某个节点上超出了正常范围,这种情况会有,但不会成为常态。如果存在失眠或抑郁焦虑的倾向,恰恰是自我认知的一个契机,思维模式和情绪认知都是可以借此自我调整的。

阿红告诉我,周末丈夫从郊县回来,她会约他一块去喝下午茶——这是他们结婚16年来的第一次。这次,阿红准备好好跟丈夫谈谈自己对婚姻家庭的想法和期待,同时,也会做最坏的打算。

看着阿红轻松的状态,我由衷羡慕。

"就好像是两个人生活在一起,却感觉不到对方的存在,明明很难受,觉得应该分开了,却跨不过去那个坎儿。"

## 我的声音　唤你回头
——与《民法典》关联的女性权益故事

"自己在一边气得头疼,而他却像个没事人一样,坐在那里玩手机。"

"没有了沟通,没有了亲昵,虽然住在一起,但是一个睡床,一个睡沙发,平时的相处也多了没来由的客气,感觉过的是同居室友的生活!"

很多经历过冷暴力的人都这样向我描述她们的感受。中国民间有句俗语,过久了的夫妻,感觉就像左手摸右手。这些话听上去很正常,但只有真正经历过的人才知道,这种感觉足以压垮一段婚姻。

我也是第一次从律师和心理咨询师那里知道我的婚姻、阿红的婚姻,都存在一个共同现象——"冷暴力"。

"话语本不足以伤人,除非说话的是你在意的人。"

"冷暴力对越亲近的人伤害越大,一种冷漠的态度、一句冷淡的话语,足可以刺痛对方的心。"

人们普遍关注的家庭暴力,是曾小美、黄华等人遭遇的"热暴力"。而"冷暴力"则是一种"隐而不现却真实存在的暴力",它在许多家庭中频繁出现,得到了《民法典》的深切关注。

"非肢体家庭暴力不容忽视。冷落、不尽夫妻义务等冷暴力也较为频发,但这类暴力方式很特殊,它并非作用于具体的身体部位,因而难以鉴定,所以存在取证和举证困难的问题。"司法鉴定中心的来访人员中有许多非身体暴力的受害者。

"他不愿意碰我,有时我特意靠近他,表现出一些亲昵,他会立刻起身离开,满脸厌恶。我不知道我做错了什么。我们大概有一年没有夫妻生活了,许多年不曾接吻,也有许多年,他都不曾拥抱我。他不打不骂,可我已经濒临崩溃,整夜整夜失眠,动不动就流眼泪,感觉精神和心理上已经被逼出了问题。"我在司法鉴定中心见到了一个女人,她这样对我说道。她看上去很痛苦,黑眼圈引人注目,脸色晦暗,眼神涣散。但她的司法鉴定结果却是"一切正常"。

在鉴定中心待了一个星期,我听闻了形形色色与"冷暴力"相关的故事。受害的女人们或在讲述,或在流泪,或情绪激动,抓到一个人就想要你帮她评评理,你不能安慰或者打断她,或是平淡得近乎在讲一个外人的事情,但是,她脸上每一个细微的表情,都表明她正压制着即将喷发的情绪岩浆。又有女人拉着我讲述时,我歪头看着窗台上那盆缺少阳光的仙人掌。

**故事一:**

我和他结婚七年了,我们有两个孩子,家里没有老人帮忙,请保姆对我们这样的工薪家庭来说无疑是一项沉重的负担。于是,我主动申请调整岗位,从一名技术骨干变成了一个"打杂的",以便有更多的时间带孩子、做家务。我牺牲了自己的发展空间,甘心做一名家庭主妇,换来了他事业的突飞猛进。之前他还能和我一起带带孩子做做家务,周末尽力推掉应酬陪陪孩子,晚上等孩子睡着后,我们还可以抽出一点时间聊聊天,说说心里话。但不知道从什么时候开始,退回家庭的我和他之间的话题就只剩下了一些程序化的日常琐事,每天的交流内容简单而重复:

"你今天什么时候回来?"

"在忙呢,还不知道。"

"今天下午你去接娃下课。"

"好的。"

"过几天爸要过生日了,咱们买什么礼物?我上午给你发信息,你怎么一条都不回我?"

"没看到。"

"周末带娃出去逛逛吧,听说园博园不错。"

"没时间。"

"我刚刚在网上给你和娃娃淘了几件衣服,都是最新款的,价格也不

## 我的声音　唤你回头
——与《民法典》关联的女性权益故事

贵。你瞧瞧，觉得怎么样？"

"还行吧。"

尤其是这一年，这种不带任何感情的沟通几乎每天都在上演。我是学中文的，平时比较感性，比较在意相处的细节和他对我的态度。我反复跟他说，我不想我们像住在同一屋檐下的陌生人那样生活，这样的生活太无聊太无趣。"那什么样的生活算有趣，你弄清楚，现在是我一个人在还房贷，我要养车，要给孩子交学费，你来承担这些试试，看看你还有没有趣？！"一看我较真，他就开始吼叫。我对父母说起我们之间的相处，母亲就说老夫老妻不必搞得那么矫情，父亲说他们年轻时就是这样，根本没有心情风花雪月，所有的心思都花在柴米油盐上了。

可是，我才三十出头，无情无欲过往后的日子，确实做不到。我跟他争辩了很多次，但他还是老样子，对家庭的付出只有金钱，对孩子越来越冷淡，对我更是没了耐心。很长一段时间，他回家吃过晚饭后就又往办公室跑，他说他要评高级工程师职称，需要到办公室电脑上拿继续教育学分。我问他，难道不能用家里的电脑吗？他理直气壮地回答我，晚上不去办公室待在家里干嘛？我偷偷查过，他并没有外遇。他晚上回来如果超过11点，就不会再回卧室了，直接睡在客厅沙发。一天夜里，我到厨房倒水喝，借着卧室微弱的灯光，看见睡在客厅沙发上的他竟然呻吟着，右手在动作。我装作没有看见，跌跌撞撞地回了房间。第二天早上，那些丢在地上的纸团已经被他收拾得干干净净……你看，他宁可自慰，也不愿与我亲热。如今，当我想跟他好好谈谈的时候，他总是习惯性地逃避，不是支支吾吾，就是说他有事，改天再说。

天哪，我不知道自己到底做错了什么，要被他如此冷淡对待，这段婚姻到底怎样才能继续下去呢，实在是太让人痛苦了！

**故事二：**

我和老公都是再婚，彼此磨合了很久才决定走进婚姻。我认识他的时候，我 27 岁，他 34 岁，我们都没有孩子。有过来人叮嘱我：你们都经历过失败的婚姻，就要吸取教训，生活中要互相理解，互相爱护，互相包容。

本来以为，这一次我找到了此生的归宿。婚前，他给我的印象是温和、体贴、细致。看见我咳嗽，就买回一大堆金橘，花一个下午的时间守着小锅熬出一瓶金橘酱，嘱咐我每天舀三勺冲开水喝，说是坚持喝可以根治秋冬季节咳嗽痰喘的老毛病。知道我喜欢吃成都口味的冒菜，便特地在网上学习，在家里做给我吃。那时我也发现他有一定程度的洁癖——不容许角落里有一点灰尘，新买的东西哪怕是生日蛋糕，提进家门的第一件事就是拿一块专用抹布把包装盒仔仔细细地擦一遍。除此之外，宠物也是绝对不能养的，他看见我家里那两只养了十年的巴西龟，便皱眉告诉我：以后不要再养了，乌龟身上有沙门氏菌，非常危险。虽然他有些行为让我不太能理解，但总体来说还算是个"暖男"，便没有再往深处想了。

"你看看刚刚走过去的那个女人，人家的腰肢多苗条。你瞧瞧你的腰、你的大腿，得有人家两个粗吧。跟你说了，你这种情况不能吃晚饭，你偏不听。看，胖成什么样子了！"婚后不久，他便常常这般提醒我注意保持身材。

我有些激动地告诉他，我成天又是脑力劳动又是体力劳动，晚上常常要加班，如果不吃晚饭，身体受不了。再说，我身高 1.6 米才 100 斤出头，并不算胖。

他斜眼打量我，冒出了这样几句话："婚前看着那么温柔的一个人，婚后脾气怎么这么大，跟个母老虎一样，说都不许说。早知道是这样，就不要在一块儿了。"那一整天，他都不再搭理我，最后以我向他道歉收场。

此后，他经常对我冷嘲热讽，觉得我哪儿哪儿做得都不好，哪儿哪儿都有问题。或许之前的温柔体贴都是伪装起来的，在婚后的种种琐碎中，

## 我的声音　唤你回头
——与《民法典》关联的女性权益故事

他本来的性格便慢慢地暴露出来了。

"你要是没事，就在网上多看看别人是怎么做饭的，多学习学习，做的饭也就不至于这么难吃了。"

"你不要在背后向朋友打听我的情况，有本事你直接问我……我怎么会告诉你？我就是不告诉你，很多事情我不需要向你汇报……还有，对我有什么不满就直接说出来，不要表面笑嘻嘻，暗地里跟我妈说，至于吗？"

"你看看别人是怎么当妻子的，里里外外一把手，出得厅堂，入得厨房，你再看看你……"

我承认我作为妻子，有些地方是做得不够，但是每次他说话，都让我感觉自己是一个外人，甚至连外人都不如，他的话语里充满了讽刺和不满，伤害性极强。照我以前泼辣耿直的脾气，一定会和他吵起来，但是现在我只能深吸一口气，控制住自己的情绪，尽量不和他争辩，努力冷静处理问题。但是随着时间的推移，他的态度越来越差，说话完全不顾及我的感受。

有朋友提醒我，我的工作和收入都优于他，作为一个男人，他可能存在某种自卑心理，转而用这种冷暴力先发制人，让我在他充满伤害性的话语下先认输，然后被他控制。

久而久之，我发现自己的情绪真的能被他牵着鼻子走，这样下去我迟早会失控。为了保护自己，现在我宁愿选择闭嘴，也不愿意和他沟通。由于一直没有良好的沟通，我们之间的问题越来越严重，也一年没有正常的夫妻生活了。原本，我希望通过自己的努力拥有一个幸福的家庭，但是怎么就变成这样了呢？

**故事三：**

三年前的一天，我提前下班，便想着去打扫一下郊区空着的房子。开门时，我发现门只锁了一圈，心里有些纳闷，我明明记得上个月打扫后，我反锁了三圈才离开,难道屋里有人?或者是进贼了?我提心吊胆地走进屋里,却发现沙发上有两件外套,一件是他的,今早才换上,另外则是一件女式风衣。卧室的门虚掩着,里面传来男女慌乱的声音——我穿了一双尖头高跟鞋,走路声音很响。仿佛为谁拉响了警报。我揪着心,一把推开了卧室门,看见他和一个女人正慌乱地穿着衣服,我的大脑一片空白。当时发生了些什么我已经记不清了。只记得慌乱中他让那个女人先走,然后和我一起回了家。

那天夜里,我疯狂地盘问他和那个女人之间的一切。对于我而言,这一切都发生得太过突然,他是众人眼中儒雅、爱家的"成功人士",我也从未发觉自己的丈夫有什么异样,他的手机甚至没有锁屏密码。

"就是你看见的那个样子,你说怎么办吧。"他终于说话了,没有一点负疚感,反倒有一丝摊牌后的轻松。

"你现在打电话给那个女人,告诉她,你和她从此断了!"我哭叫着。我以为他只是一时犯错,会看在这个家的份上改正错误,迷途知返。

"不可能。"他吐字清晰。

"那我去找那个女人。"

"你敢!我警告你。你要怪就全部怪到我的头上。"

愤怒之下,我跑到他的公司堵住了那个女人。那天,围观的人很多。这件事过后,他从家里搬出去了,他去了哪里我完全打听不到。他基本上一个星期回来一次,因为周六他要和我一起去看望他独居的母亲,周日要开车送孩子去少年宫。为了不让家里人担心,特别是为了照顾小孩子的情绪,我一直跟孩子说,爸爸现在调到外地工作了,一个星期才能回来一次。

事实上,在发现他出轨之前,我们俩就经常因为一些小事吵得不可开交,吵完之后就开始冷战,短则两三天,最长的有一个月。孩子因为我们的争吵受到了很大的影响,性格变得十分内向,常常满腹心事,闷声不响。

## 我的声音　唤你回头
——与《民法典》关联的女性权益故事

学校老师对我说，孩子经常哭，胆子特别小。因为不想看到孩子变成这样，每次都是我主动和解。后来，他愈加理直气壮，就算我忍气吞声来求他，他也完全不当一回事，只在亲朋好友和外人面前装出一个顾家好男人的样子，我也从不在外拆他的台。但我万万没有想到，他居然会出轨。

事情发生后，我很想离婚，希望自己能彻底摆脱这个家庭，重获新生。我有自己的事业，也并不畏惧离开他。但是有一天晚上孩子悄悄问我：妈妈，你和爸爸要离婚吗？就像我们班上的苗苗一样，跟妈妈住在一起，一年只能和爸爸见几次面……面对孩子无辜的眼神，我才意识到，自己之前的决定有多自私。于是我咬牙忍了下来，一忍就是三年。这三年里，我期盼他能够看在孩子的份上回头。但我把一切想得太简单了，他没有一丝悔意或想要和好的意愿，有人甚至看见他带着那个女人在金店买首饰。他回家的次数越来越少，每次回来都问我：你打算怎么办？沉溺在这段失败的婚姻里，每天回想起那些痛苦的场景，不知不觉间我早已被负面情绪紧紧裹挟，患上了抑郁症，近一年来一直在接受治疗。孩子也并没有因为"还有父亲"而感到快乐，反而变得更加敏感易怒。我曾经想过，是不是我什么地方没有做对，不值得被人珍惜，不能拥有幸福呢？纵使如此，我也希望通过法律途径为我们母子受到的伤害讨个说法。

在法院的民事庭上，我也曾看见过饱受精神创伤的妻子起诉离婚，当事人眼睛通红地坐在原告席上，丈夫却一再跟主审法官强调："她说的这些根本不是事儿，夫妻之间闹闹别扭，这不是常见的吗？至于还贴个'冷暴力'的标签吗？"

其实，这恰恰就是冷暴力的特质。法学专家认为，冷暴力既不见血也不见伤，是典型的隐性暴力，因此很容易被当事人用"我们在闹别扭"一语带过，而忽视了它对人的身心造成的巨大伤害。如今，《民法典》已经把"冷暴力"归入"家暴",受害者在起诉离婚时可以同时据此提出赔偿。

"值得关注的是,家庭'冷暴力'中,有时往往具有重大隐情。"李高飞律师曾告诉我。

他向我讲述了他的一位当事人的遭遇。

年轻女孩小周相亲结识了一个各方面条件都很好的男子,男方无论是职业、家底、长相还是性格,似乎都无可挑剔。一年多以后,小周和这个男子步入了婚姻殿堂。"他婚后很快就变了,变得我几乎不认识了。"新婚后一个多月,丈夫就开始刻意疏远小周,白天几乎不回复她的信息,每天凌晨才回家,平日里也不怎么搭理她。为了改善夫妻关系,小周还专门去学习做菜,又学了茶艺和插花——丈夫很喜欢喝茶,但丈夫回家后,对家中的改变和她的殷切付出全都视而不见。"他在家里,唇边一直挂着讥讽的冷笑,也不说话",这样的态度让她随时感觉"自讨没趣"。

事实上,冷漠、克制、少话,只是这个男人的一个侧面。小周向二人共同的朋友控诉他"高冷",这个朋友很惊讶,说:没有啊,他很多事情都来得特别直接。据说某次,小周的丈夫在新老朋友聚会活动中不见了手机,没有任何证据,他便认定手机是被在场的人偷了,于是要求对大家进行搜身,这一举动让一帮朋友错愕不已。最终的结果是,手机并不在某个人身上,而是在刚才大家娱乐打闹的过程中从衣兜里掉了出来,卡在了沙发缝里。打这以后,朋友们的聚会活动都很少邀请他。

他蛮横、偏执的一面,小周压根儿不了解。但朋友的话提醒了小周,丈夫异乎寻常的冷漠背后,是不是有什么隐秘?

经过几个月的暗访,小周震惊地得知了一个事实:在和她结婚前,丈夫已经在外面同一个女人生了孩子,在他们交往期间,男人依然与那个女人如胶似漆,还数次陪那个女人去医院产检。与此同时,他又在自己面前

## 我的声音 唤你回头
——与《民法典》关联的女性权益故事

扮演着一位"合格恋人",没有一点蛛丝马迹。至于他为什么当初不直接娶那个女人,而是选择与她长期保持婚外情关系还生下了小孩,小周不得而知。

至此,小周已是铁了心要与丈夫离婚,并且准备就此"重大过错"向对方提出赔偿。她搜集了各种证据,悉数交到律师手里,为之后的起诉离婚做准备。尽管一切都在暗中进行,最终还是被丈夫察觉了。他勃然大怒,将小周赶出了家门。小周要求取回自己的私人物品,却不被允许踏进家门半步。那个傍晚,男人一边咆哮着辱骂她"不知好歹",一边粗暴地冲进卧室,翻箱倒柜,把她的衣服、包包、鞋子等物品堆在客厅中央,红着眼泼上酒精,用打火机点燃……屋内浓烟滚滚,惊恐中的小周报了警,男人被带走并被刑事拘留。随后,小周向法院起诉离婚,得到了法院的支持。小周的丈夫在婚姻中存在重大过错,被判承担赔偿责任。

"小周的事情告一段落之后,我得到了一个新消息,她的前夫很快又结了婚,新婚妻子却并非那个为他生养孩子的女人。"李高飞告诉我。

又一起离婚案在民事庭审理。在起诉离婚的前一个月,阿月从司法鉴定中心取得了自己因冷暴力罹患重度焦虑症的相关证据。法庭上,阿月含泪控诉丈夫四年来对她的种种冷遇和言语侮辱,丈夫小徐则面无表情。轮到小徐陈述时,他突然从随身携带的公文包里拿出了一沓医院检查报告,抖动着这些单子质问:"你问我这些年为什么这样对你?那你在婚前又做了些什么,隐瞒了什么?为什么我们这么多年都没有孩子?到底谁才是真正的过错方?"

小徐将这一沓材料递交给法庭。法官宣布休庭。

阿月愣住了,她没有想到,丈夫会处心积虑地找到这些检查报告。

检查报告显示,阿月在十年前,也就是读大学三年级的时候,曾因宫外孕紧急手术,并切除了一侧输卵管,此后,因为再度人流和盆腔炎症导致另一侧输卵管粘连。这一切，都发生在小徐和阿月相识之前。

小徐的家庭很传统，他本人也颇有些大男子主义思想，要求未来的妻子必须是处女。阿月与小徐相识时，说自己之前因为课业繁重，所以没有正经谈过恋爱，也没有"真正意义上"的男朋友。

两人结婚时小徐28岁，阿月25岁，"要孩子"便直接提上了议事日程，可是整整两年过去了，阿月却始终没有怀孕。小徐每每提议两人一起去医院检查，阿月都回避这个话题。事实上，阿月已经独自求医一年了，她知道自己不孕的病因，也在医院留下了就诊和检查记录。医生告诉她，解决输卵管粘连的希望是有的，但成功的概率不大，她这样的情况最终要做"试管婴儿"。这些事情，她在小徐面前只字未提。直到四年前，阿月突然黄体破裂被紧急送医，小徐才得知她只有一侧输卵管。阿月告诉小徐，这是因为自己以前患过盆腔良性肿瘤。从那之后，小徐对她的态度越来越冷淡，二人的关系急转直下。

"我虽然不学医，但听说她只有一侧输卵管，也知道事情没有那么简单。我在医院工作的朋友告诉我，最大的可能，是她在和我结婚之前有过宫外孕的病史。她不是认识我之前没谈过朋友吗？她不是干干净净的吗？谁想到这一切都是欺骗！"小徐陈述道，"如果我不去主动调查，还差点被她剥夺了生育权。"

婚前重大情况刻意隐瞒与婚后冷暴力碰撞，在法庭上形成了一场情与理、理与法的拉锯战。

"我要提醒那些正在遭遇'冷暴力'的女性朋友，虽然有时寂寞和孤独很难捱，但在找出解决办法之前，或者说与不幸婚姻'断舍离'之前，一定要保持理智，切莫一时冲动，免得到时追悔莫及。"律师李高飞说。

李高飞曾处理过这样一件离婚案子，当事人是一个1993年出生的年

## 我的声音　唤你回头
——与《民法典》关联的女性权益故事

轻女子，姑且叫她小荣吧。

小荣找到李高飞替她打离婚官司的时候，一面直言她经济条件不好，可能凑不足律师费，一面拨弄着她染成浅紫色的长卷发，向李高飞暧昧地表示，欠下的律师费，可不可以用"其他方式"来"抵消"？

李高飞并非第一次遇见这样的情况。每到这时，他总是惋惜且坚定地劝慰那些几近走入绝境的女性：你要相信我，更要爱惜你自己，如果有困难，咱们可以一起克服。

对于小荣，李高飞一方面打消了她对金钱方面的顾虑，另一方面，又站在律师的立场指出小荣讲述中存在的逻辑错误，告诉她，你必须对律师讲真话，这样我们的团队才能帮到你。

半晌，小荣"哇"地一声哭了出来，说：我做错的事情太多，怕是回不了头了。

原来，二十多岁的小荣有三个同母异父的孩子，一个是婚生子，其余两个都是婚外生子。

当年，小荣与丈夫结婚后生了一个孩子，之后由于种种矛盾冲突，小荣遭受了丈夫的冷暴力，两人长期分居。小荣想结束这段婚姻重新开始，没想到却遭到了丈夫的反对，他甚至提议"各玩各的"。那一段时间，小荣很难见到丈夫，即使见了面，对方也只是点点头，彼此间连普通朋友都不如。孩子也被丈夫带走了。

小荣身边也有许多夫妻"各玩各的"，大家彼此心照不宣。有人告诉小荣，使用手机上一些软件自带的"找人"功能，可以交到好玩的朋友。小荣和一个年轻男子加了好友，感觉两个人之间有许多共同话题，她向这名男子倾诉自己的不幸与无奈，也得到了对方的回应：我的婚姻也很不幸福，与老婆分居已经很久。之后，二人迅速"奔现"，小荣甚至为了"爱情"又生了一个孩子。但男子在小荣提出要"彻底在一起"之后便消失了，小荣的电话、微信全被对方拉黑。小荣带着幼子四下寻找无果,原来男子曾经告诉她的信息都是假的。

"有了一次深刻的教训,你为什么还会犯同样的错误?"

"因为我太孤独了。那种感觉,就像一个冷极了的人,只要遇到一点火星就会往上扑,不会考虑其他。"

没过多久,小荣身边又有了一个男人,虽然两个人没有住在一起,但男人对小荣体贴备至,小荣甚至再次怀孕生子。这个男人决定等小荣离婚之后就跟她结婚。可是,小荣在做法律咨询时得知,像她目前的情况,男方不会做任何补偿,而她则极有可能面临重婚的指控。小荣一时间手足无措,找那个男人商量,对方知道自己可能会受到牵连,也开始躲躲闪闪。最终,小荣经朋友介绍,找到了李高飞。

"我的情况真的有那么糟糕吗?"讲完自己的故事,小荣不安地看着李高飞。

"很糟,你原本不该一错再错。现在这样,处理稍有不慎,你就有可能要坐牢。"李高飞不客气地说。

重婚罪,是指有配偶又与他人结婚或者明知他人有配偶而与之结婚的行为。所谓有配偶,是指男人有妻、女人有夫,而且这种夫妻关系未经法律程序解除尚在存续的。概言之,如果与他人以夫妻名义生活,则属于重婚罪。《刑法》第二百五十八条规定:有配偶而重婚的,或者明知他人有配偶而与之结婚的,处二年以下有期徒刑或者拘役。

但是,配偶出现婚外生子的情况,不一定会构成重婚罪。因为《刑法》规定在有配偶的情况下与他人办理了婚姻登记手续,或者是在有配偶的情况下又与他人以夫妻名义同居,才构成重婚罪。如果只是婚外生子,没有以夫妻名义同居,则不会构成此罪。

果然,在小荣主动起诉离婚的过程中,男方律师指控女方犯有重婚罪,

## 我的声音　唤你回头
——与《民法典》关联的女性权益故事

并以两个婚外生子为证据。李高飞则拿出充分的证据证明小荣并未与那两个男人同居。同时，李高飞指出，小荣与丈夫分居数年，法庭应当支持原告的离婚诉求。

"当时小荣的丈夫极力否认夫妻关系彻底破裂的事实。为了煽情，那个男人甚至把四岁的孩子带到了庭审现场。但孩子一时间并没有认出自己的母亲，反而证明了夫妻分居已久，事实成立。"李高飞对我说。

最终，小荣的案子有惊无险，被判离婚。

女人啊，无论你在婚姻中承受着怎样的磨难，理智一定要先于冲动。

**本章与《民法典》关联法条：**

**第一千零四十一条** 婚姻家庭受国家保护。

实行婚姻自由、一夫一妻、男女平等的婚姻制度。

保护妇女、未成年人、老年人、残疾人的合法权益。

**第一千零四十二条** 禁止包办、买卖婚姻和其他干涉婚姻自由的行为。禁止借婚姻索取财物。

禁止重婚。禁止有配偶者与他人同居。

禁止家庭暴力。禁止家庭成员间的虐待和遗弃。

**第一千零九十一条** 有下列情形之一，导致离婚的，无过错方有权请求损害赔偿：

（一）重婚；

（二）与他人同居；

（三）实施家庭暴力；

（四）虐待、遗弃家庭成员；

（五）有其他重大过错。

# 全职太太的迷茫

和许多全职太太一样,她没有掌握家里的财政大权,而是每个月接受丈夫给的生活费,还需详细地记下每一笔账,给丈夫一个交代。她平素精打细算,很少在自己身上花钱。但没有想到丈夫做得这么绝,压根没有好聚好散的念头。

## 我的声音　唤你回头
——与《民法典》关联的女性权益故事

"全职太太离婚维权也是一个难题。"李川薇律师告诉我。

统计显示，女性婚姻家庭"热词"里，排在前两位的分别是"二胎"和"全职太太"。长久以来，"全职太太"这一话题在社会上引发了不少热议，因此，全职太太离婚时可以要求经济补偿，这一点在《民法典》中也有体现——"夫妻一方因抚育子女、照料老人、协助另一方工作等负担较多义务的，离婚时有权向另一方请求补偿，另一方应当予以补偿。"但这当中仍有很多故事。

在"百度贴吧"的"多肉吧"里，一个在家带两个娃的全职太太向吧友倾诉了自己的无奈和苦恼。她想在阳台上种点多肉植物，于是用自己省下来的钱买了一点营养土和小苗。岂料丈夫看不惯阳台上的沙土盆罐，觉得"把屋里弄得都不整洁了"。晚饭时，男人一边吃着女人做的饭菜，一边黑着脸埋怨女人"拿着他辛苦工作挣来的钱乱挥霍"。女人刚分辩说自己平时买零碎都用的是娘家给的钱，并且这么六七棵小苗加上一袋营养土也就50元钱，一点也不贵。男人抬眼，用揶揄的口气说："看来这日子是没法过下去了，那就别过了。"最终，在这位吧友的一再保证下，丈夫勉强同意她只能种两盆多肉。"只要再敢多买一盆回来，咱们就离婚。"丈夫威胁道。至此，这位吧友只好打消了自己养多种多肉的想法。

其他人在评论里鸣不平：离就离呀，这样的生活过起来也挺难受的。

楼主感叹道：说起来轻松，我这十年都待在家里，除了带孩子，其他什么也不会，出去怎么办？

有人接着说：我和你一样。因为我没有工作，婆婆也反对我养花，还说连自己都养不好还好意思养植物？

有人接过话头：你们就是太软弱了。知不知道现在保姆和月嫂的市场价是多少，她们一个月的工资比外企白领还高。敢情你们在家做免费保姆，还算白吃白喝？让他把账拿出来算一算！

…………

《民法典》确实保护承担主要家务的妇女，但事实上，她们实际得到的补偿并不高。有新闻报道，一位全职太太离婚后得到了5万元的"家务补偿"。按照保姆薪资的市场价格来计算，在重庆、成都这样的城市，保姆每月的工资至少4000元，部分还包吃住，这样算下来，5年的婚姻生活，妻子的劳动至少可以折抵20多万元。或许，这样的补偿，意义比形式更加重要。但全职太太离婚后如何谋生？是否具备抚养子女的经济能力？这一系列问题都值得思考。

"在国内，全职太太普遍处于弱势。"李川薇认为。

心理学研究表明，脱离社会、回归家庭做全职太太，对女性的压抑作用较为明显，如果不平衡好各方面关系并且做好相应的心理建设，在全职太太未来的生活中，形形色色的"魔障"将逐一出现。

当下，一些有条件的城市社区会向专业机构购买社工服务，其中最为常见的便是心理咨询类。社工陈琼（化名）是一位从家庭走出来的心理咨

## 我的声音 唤你回头
——与《民法典》关联的女性权益故事

询师,过去数年,她也曾是一个标准宅家的全职太太。陈琼回归社会也经历了很多曲折。在社区,陈琼主要从事女性和儿童的心理救助工作。

陈琼服务的社区有许多不到一岁的婴儿,寂静的夜晚,常常能够听见此起彼伏的啼哭声。

有一天,陈琼在社区遇见了一位惊慌失措的"新手"妈妈,"她二十五岁左右,很年轻。头发散乱,眼睛里布满了血丝,衣着也很随意"。这位年轻妈妈才开口说了几句话,便哭了起来。她告诉陈琼,她实在不知道该怎么办才好,感觉天要塌了。陈琼努力稳住这位妈妈的情绪,在她抽泣着断断续续的讲述中,陈琼大致了解了事情的前因后果。这位妈妈的女儿只有四个月大,存在严重的睡眠问题,每天会夜醒无数次。在讲述间隙,这位新妈妈多次指着自己的黑眼圈和布满血丝的双眼,大喊:"救救我,我快崩溃了!"陈琼让她用涂写睡眠时间表的方式记录孩子每天的睡眠和苏醒时段,等记录表交到陈琼手里时,陈琼被惊呆了:7点起床,凌晨2点第一次夜醒,吃奶瓶5分钟,玩耍3分钟,小便1分钟……一串串零碎的数字令人窒息。

"可以看出,有时她甚至能够预知这些不好的事情会发生,就像墨菲定律一样。喏,就是一只靴子落了地,另一只靴子迟迟没有落下来,就全神贯注等着另外一只靴子。这样的过程很煎熬。"陈琼觉得这位妈妈存在一定程度的心理问题——出问题的是她本人,而并非她的女儿。在深入交流中,陈琼发现,这位妈妈所理解的"夜醒",有时只是孩子"翻了个身"或是"呢喃一句",这些原本是正常现象,但由于对"可能是夜醒"心存不安,新手妈妈便对孩子的睡眠进行干预,反而把孩子吵醒了。"夜醒"最终成为事实,客观上对孩子的睡眠造成了干扰。

对婴幼儿来说,究竟怎样才称得上有"睡眠问题"?陈琼倾向的判断标准是,当孩子的睡眠影响到大人时,就应当寻求帮助。

六年前，陈琼还不是心理咨询师，和这位新手妈妈一样，她二十出头全职在家，一度因为孩子的睡眠问题而濒临崩溃。

"在中国，一直存在'一切以孩子的需求为重'的家庭观。如果一个妈妈做了全职太太，那么就很容易在带孩子这件事上钻牛角尖——因为这是她个人价值的最大体现。"陈琼说。

陈琼当年做完剖宫产手术后大出血，好不容易捡回一条命，医生要求她"夜里保持充足睡眠，不要带孩子"，但她知道，这几乎是不可能的。婆婆从她怀孕辞职在家开始，就利用各种机会敲打她："男人在外面挣钱养家不容易，他主外你主内，你最重要的任务就是带好小孩。"虽然对婆婆的话心存芥蒂，但孩子出生后，陈琼就开始和自己较劲：我一定要做个特别尽职的妈妈，一定要在这个家里发挥作用。于是她事必躬亲，力求做到极致。孩子半岁的时候，身高1.65米的陈琼一度瘦到只有80斤。

有人曾打趣说哺乳期的妈妈是"24小时型人"，与常见的作息节律分类"晨型人""夜型人"不同，妈妈们"不需要睡眠，全靠一口仙气吊着"。新生儿母亲在责任感的召唤下，成为睡眠被剥夺最严重的群体之一。

几年后，陈琼接触到了专业的婴幼儿睡眠知识，开始反思这种"一切以孩子需求为重"的家庭观。"若大人因自己的睡眠被剥夺而无法保持平和的情绪和良好的家庭氛围，孩子不可能不受影响。"孩子是家庭成员之一，只有每个成员的重要性相同，才可能让整个家庭真正达成和谐完整。基于此，陈琼开始思考自己的处境和未来。空余时间，她开始学习心理学。与汤朝千一样，陈琼认为心理学具有治愈功能，能够纠正她做全职太太所产生的心理偏差。等到小孩上了幼儿园，她就集中精力考取了"心理咨询师"资格证。后来，她加入了某专业社会救助机构做社工，这样既能帮助别人，也可以充实自己。陈琼对自己的现状很满意。

"只是可惜，像我这样成功走出来并重回社会的全职太太真的不多。"

## 我的声音　唤你回头
——与《民法典》关联的女性权益故事

陈琼感叹道。

我有一个朋友，原本是一个五星级宾馆餐厅的大堂经理，生完孩子之后就做了全职太太。两个孩子上小学后，她准备重新找一份工作。几经周折，她终于在一个外贸公司找到了文员的职位。对于两个孩子的母亲来说，"朝九晚五"是最理想的状态，然而事实是，有时下午六点办公室还满满当当的，自己手头的事情也没有做完，周末甚至还需要加班。

"现在的小学都是下午五点放学，哪怕托付给老师在教室做作业，最迟五点半家长就得把孩子接走。我老公长期在外工作，家里只有我，你说，我怎么办？"朋友对我抱怨道。

她能做的，就是请假和"溜号"，但这终究不是长久之计。不到一年，公司就"委婉"地辞退了她。由此可见，全职太太走向社会不仅要勇敢跨出第一步，还存在以后如何走下去的问题。朋友经年累月宅在家里，在老公孩子中间忙碌，生活也非常单调，最糟糕的是，2020年夏天，她意外发现老公有了外遇，对象是他工作上的搭档。她为此和老公大吵，并且冷战数月。"想想是真没意思。"但她不敢离婚，因为她怀疑自己已经失去了在社会上生存的能力。每每回忆起十多年前的自己，化着得体的妆，穿着职业套装，忙碌在五星级宾馆的宾客中，都觉得很不真实。"我真的曾经这样精彩地活过？"

早在2004年，《中国新闻周刊》就刊登了心理及职业咨询师白玲的一篇文章《中国式"全职太太"面临诸多心理魔障》，文中指出了全职太太难以克服的"六大问题"。

单一的评价体系。人是离不开评价的。社会职业的评估体系是多支点的，有直接体现的薪水和物质奖励，有领导、同事的评价，还有自身成长中感知的变化。全职太太不拿薪水，她们为家庭付出所得到的全部回报就是先生和孩子的评价。因此，从某种程度上说，全职太太是靠先生和孩子的表扬过日子的。这种过于单一的评价系统极易导致全职太太心理失衡。

薄弱的人际交往。人需要丰富的深层次人际交往。全职太太日常只能进行很浅层次的人际交流，它所带来的满足感是非常脆弱的。因此，她们需要与家人保持一种非常密切的、深层次的交往，但家人往往不能持续提供这样的交往。因此，全职太太通常会产生两方面的心理问题：对丈夫或孩子过于敏感，而对于外界的刺激则较为麻木，以至于在对外交往中反应滞后，自信心越来越弱，严重的还会产生交往障碍。

缺席的外部驱动。人的发展需要驱动力。兴趣是一种内部的力量，责任是一种外部的力量。兴趣固然重要，但人的发展到了一定的阶段，往往需要更为强大的外力资源。在社会工作中，竞争对手和上下级的存在会逼迫自己不断超越，人的潜力也会被激发出来。对全职太太来说，由于接触的社会范围有限，她们受到的外力推动也相对较少，所以大多数全职太太很难使自己的兴趣爱好得到充分发挥。

无力的情感刺激。和人的发展一样，人的感情也是需要刺激的。全职太太自身状态相对稳定，很难带给爱人新鲜的刺激，因此，全职太太与爱人的交往，也需要碰撞，需要得与失的配合。

微妙的经济问题。全职太太家庭的经济问题是很微妙的。夫妻之间再相爱，由经济问题引起的强势一方的歧视和弱势一方的自卑都在不同程度上存在。日常开支中也许不明显，但一遇到大宗的家庭花销，问题会立刻显现出来，这在经济状况不是特别好的家庭中尤其突出。

不久前，李川薇曾接触一个离婚案，当事人是一位全职太太。

按说，这位全职太太算很有勇气的，她敢于将濒临"死亡"的婚姻"断舍离"，不像许多女人那样，为了家庭表面上的完整或者儿女而忍辱负重。

但是，在庭审前的夫妻共同财产调查中她惊讶地发现，经商多年的丈

## 我的声音　唤你回头
——与《民法典》关联的女性权益故事

夫名下竟连一分钱财产也没有，共同居住的房屋也是丈夫的婚前财产，这意味着自己如果离婚，将分割不到任何财产，是名副其实的"净身出户"。

和许多全职太太一样，她没有掌握家里的财政大权，而是每个月接受丈夫给的生活费，还需详细地记下每一笔账，给丈夫一个交代。她平素精打细算，很少在自己身上花钱。但没有想到丈夫做得这么绝，压根没有好聚好散的念头。

李川薇告诉我，这位全职太太在丈夫创业伊始便嫁给了他。当年为了照顾家庭和孩子，她毅然辞去了自己的工作，为家庭辛苦付出十多年。最终却落得如此下场——连个保姆都不如。

"她的丈夫在起诉离婚前已经将个人名下财产全部转移，要想弄清转移到了哪里并取得相关证据颇有难度。"李川薇说。

恰在这段时间里，丈夫无意中发现她还有一张十万元的银行存单，他立即提出要分割这笔财产。李川薇给她出了一个主意，拿这十万元钱给孩子买一份巨额保险——这样一来，后面就还有退保拿回这十万元的机会。尽管如此，那个男人依然在法院审理中提出女方退保并分割"夫妻共同财产"的诉求。所幸法院站在维护弱势女性的立场，对这一诉求不予采纳。

李川薇还告诉我，有的全职太太在面临离婚时，发现丈夫名下不仅没有一分钱财产，更有甚者会凭空多出来一笔数百万的"夫妻共同债务"；或者男方名下有数百万财产可以分割，但同时也有一笔上千万的债务，女方要么在分割财产的同时也需承担债务，要么什么都别想要。虽然《民法典》规定"夫妻双方共同签名或者夫妻一方事后追认等共同意思表示所负的债务，以及夫妻一方在婚姻关系存续期间以个人名义为家庭日常生活需要所负的债务，属于夫妻共同债务"，但对于全职太太来说，就算对这些"从天而降"的债务毫不知情，但家庭开支全部来源于男方，也就很难与这些飞来的巨债厘清关系。

除此以外,《民法典》规定:"离婚后,不满两周岁的子女,以由母亲直接抚养为原则。已满两周岁的子女,父母双方对抚养问题协议不成的,由人民法院根据双方的具体情况,按照最有利于未成年子女的原则判决。子女已满八周岁的,应当尊重其真实意愿。"

"没有经济能力的全职太太在争取年幼子女抚养权的问题上也往往处于劣势。"李川薇曾经看到,有全职太太为了获得孩子抚养权,在庭审前疲于找工作,希望届时可以拿出收入证明。

"这些鲜活的案例让我们看到,全职太太的人生中确实存在一定的隐患,但是也不能就此否认做全职太太就不会幸福。任何事物都有两面性,只要做出决定前考虑清楚,不辜负自己就好。"李川薇说。

### 我的声音　唤你回头
——与《民法典》关联的女性权益故事

**本章与《民法典》关联法条：**

第一千零六十二条　夫妻在婚姻关系存续期间所得的下列财产，为夫妻的共同财产，归夫妻共同所有：

（一）工资、奖金、劳务报酬；

（二）生产、经营、投资的收益；

（三）知识产权的收益；

（四）继承或者受赠的财产，但是本法第一千零六十三条第三项规定的除外；

（五）其他应当归共同所有的财产。

夫妻对共同财产，有平等的处理权。

第一千零六十四条　夫妻双方共同签名或者夫妻一方事后追认等共同意思表示所负的债务，以及夫妻一方在婚姻关系存续期间以个人名义为家庭日常生活需要所负的债务，属于夫妻共同债务。

夫妻一方在婚姻关系存续期间以个人名义超出家庭日常生活需要所负的债务，不属于夫妻共同债务；但是，债权人能够证明该债务用于夫妻共同生活、共同生产经营或者基于夫妻双方共同意思表示的除外。

第一千零八十八条　夫妻一方因抚育子女、照料老年人、协助另一方工作等负担较多义务的，离婚时有权向另一方请求补偿，另一方应当给予补偿。具体办法由双方协议；协议不成的，由人民法院判决。

第一千零九十二条　夫妻一方隐藏、转移、变卖、毁损、挥霍夫妻共同财产，或者伪造夫妻共同债务企图侵占另一方财产的，在离婚分割夫妻共同财产时，对该方可以少分或者不分。离婚后，另一方发现有上述行为的，可以向人民法院提起诉讼，请求再次分割夫妻共同财产。

## 请不要再给我发"晚安"

夜里 11 点，有些疲惫的黄小慧回到房间，刚准备洗澡休息，又听见手机响了一声，还是李教授发来的信息，是歌曲《亲密爱人》的链接。她还没回过神，信息又接踵而至，先是"让我的吻陪你过夜"，然后是一句"晚安"。面对李教授的这一系列"神操作"，黄小慧惊呆了，她不知道该如何是好。李教授作为国内知名学者、教育专家，虽已年过半百却身材高大，风度翩翩，媒体也曾报道过他与妻子之间动人的爱情故事，让人实在难以将这样的"君子"往坏处联想。

## 我的声音　唤你回头
——与《民法典》关联的女性权益故事

　　近期一份民间调查机构发出问卷调查：你是否曾经遭遇过"性骚扰"？包括身体的、语言的、网络社交的……

　　回收结果显示，12岁到50岁的女性，有87.2%勾选了其中的选项；12岁到50岁的男性，有40.2%勾选了其中的选项。

　　性骚扰无处不在，男女皆是受害者，女性更甚。

　　1999年，我念大一，自认其貌不扬，不会遭遇色狼的袭击，总是大大咧咧地走夜路，对生活中的事情也不大留心。大一结束的那个暑假，我扛了很多东西回家，当时天气炎热，我穿了一件短袖衬衫和一条牛仔短裤。在校门口，有一路可以直接到家的公交车，车程很长，有二十五站，需要一个多小时。因为有事耽误，我离校较晚，平日拥满学生的车站只有五六个人，上车时车厢里也还有许多空位，我找了一个位子坐下，把大包小包的行李暂时搁到旁边的座位上。这时，车上又上来了一个人，像是学校里的一位老师。他瞄了瞄车厢，恰巧与我对视，之后便朝我这个方向走来。

我本以为他会坐在我后面的位子上。结果他做了个手势，示意他想坐在我旁边，让我把座位上的东西挪一下。

小包里是一些换洗衣物，很软和，可以塞到我的脚下，大包是一个旅行袋，里面有书还有折叠板凳之类的物件，座位附近实在放不下了。"很抱歉，这个包没地方搁了。"我对这个四十岁上下，戴着粗框眼镜，脸上一直挂着和蔼笑容的中年男人说。"您可以换个座位坐吗？"这句话实在有些不礼貌，所以我有些不好意思，何况对方也许就是学校的老师。

他看见我的窘境，向我轻声提议，大包可以搁在公交车车门旁边的空地上。我依言起身，结果脚下突然一绊，在即将跌倒的一瞬间，我看到一只褐色的皮鞋快速地向后一缩，一只手不偏不倚圈住了我的胸。"小心点"，他说。我觉得那只手有点突兀，激发了我内心深处的某种恐惧，但那人的扶助和安慰又很快冲刷掉了这种恐惧。我放好包，走回来，他友善地侧过身子，方便我回到原来的座位上。这时我才发觉，前排是空的，后排也是空的。公交车行驶的路段都在整修，车子一路颠簸。男人抱着臂半闭着眼，手肘随着车辆的颠簸不断地撞到我胸部的侧面，刚开始我以为他是"无意"的，但循环往复，我能清晰地感到，每撞击一次，他的手肘在我身上停留的时间就会更长，还试探着往其他地方挪动。我马上把身子往里挪，设法与他隔出一些距离，但是依然没用，他的身体随着车辆颠簸夸张地左右摇摆，手肘依然直抵我的胸部。我抱住胸，他就恶作剧似的把手肘撞到我没有防住的空隙里。我内心满是羞愤、恐惧和屈辱，但是碍于他的身份，我没有大声喊出来。当时，我唯一的出路就是逃走，距离目的地还有两站时，我仓皇起身，准备下车。他见我要走便半睁开眼，脚抬得高高的。我咬了咬牙，准备跨过去，谁料他又突然将腿放低试图绊我，并乘机揽我的腰，但这次我躲开了。只听他幽幽地说："哪个系的？不要让我碰见你哟，小心考试不及格。"我拎起两个包，慌慌张张、跌跌撞撞地冲下车，他隔着

## 我的声音　唤你回头
——与《民法典》关联的女性权益故事

车窗对着我笑，露出两颗微黄的门牙。

这件事一直搁在我的记忆深处。从大二到大四上学期，我始终提心吊胆，害怕他来给我们上课，给我打不及格，让我"挂科"。

我把心中的恐惧和胆怯告诉过闺蜜，当然，是在毕业有了工作以后。

"我怎么那么窝囊呀？"我很懊悔。

"因为他和你之间可能存在利害关系，你畏惧他在其他方面的侵害。"闺蜜小段说。

闺蜜小段也曾遭遇过顶头上司的性骚扰。

小段的办公地点是一栋三层小楼，长长的走廊，高高的空间，办公室一字排开。办公室很富余，几乎一人一间，主任的办公室在最里面。主任50岁不到，微微发福，戴着一顶假发，特别喜欢找刚参加工作的小段单独谈话。通常，主任会在下午下班前半小时把小段叫到自己办公室。他的谈话内容很暧昧："你有男朋友吗？发展到哪种程度了？""你如果夜不归宿，你男朋友会不会吃醋？""你谈过几个朋友？很有经验吧？""你晚上一个人害怕不？要不到我家里来？"小段十分窘迫，不知该如何回答。看着她面红耳赤的样子，主任很"体贴"地拉住她的手，来回轻抚。"你不要想太多，我对你完全是出于长辈对晚辈的关心。"令人不安的十分钟过去了，小段借口办公室有另一位领导找，才得以脱身。只是她刚一起身，那个主任也起来了，她快速走到门边，谁知一把被人从后面抱住，她还没来得及惊叫出声，对方已经嬉皮笑脸地松手了。"慢慢走啊，年轻人，做事要有耐心。"这样的事情，一个月内连续上演了三次。最后，小段想方设法调了科室。但几年之后，这位主任当上了单位的二把手，常常给小段"穿小鞋"，最终逼得她不得不辞职。

日常生活中，类似的性骚扰事件时有发生。女性是其中最为常见的受害者，这些事件有相当一部分发生在公交车、地铁、电梯等公共场所，侵害者是陌生人。还有一部分发生在被侵害者最为熟悉也最为依赖的环境里，如办公室、学校等地，侵害者是上司、同事或老师等熟人。

在公共场所遭遇陌生人的性骚扰时，很多女性都能及时地予以反抗或回击。而发生在职场、学校等环境中由"熟人"实施的性骚扰，举报者却不多，受害者甚至会在离开原来环境若干年后，才披露自己多年前的遭遇。上司对你格外亲切，没事搂肩搭背，脸凑脸地说"即将提拔你""下次出国学习一定有你"，虽然他的行为举止令人不适，但你可以心大些，认为是领导器重你，把你当成"自己人"。午休或者放学后，男老师总是把你单独留下来，在空无一人的办公室谈话，"哦，感觉你最近长胖了""你来月经了吗？怎么胸部鼓起小山了"，一边施予言语上的关心，一边不经意似的在你身上摩挲。虽然年少不更事的你觉得老师的行为怪怪的，让你感觉很不舒服，但你也许会安慰自己，老师觉得你学习努力，愿意单独向你"传经送宝"。或许在你还小的时候，隔壁叔叔特别喜欢抱你，动不动就把手伸进你的裤子里，说是"喜欢你这个乖小孩"，你习以为常，因为邻居大妈们经常聚在一起拨弄那个 4 岁男孩的"小鸡鸡"。

但是，如果听之任之，来自熟人的性骚扰便极有可能演变为性侵害。

《房思琪的初恋乐园》是当代作家林奕含的长篇小说，讲述了美丽的文学少女房思琪被补习班老师李国华长期性侵最终精神崩溃的故事。小说是作者根据自身经历创作完成的，以被侵害者的视角直视主人公遭受侵害的痛苦。

作品中小小的房思琪住在金碧辉煌的人生里，她的脸和她可以想象的未来一样漂亮。补习班名师李国华是同一栋住宅的邻居，崇拜文学大师的房思琪同样崇拜饱读诗书的李老师。怡婷是思琪的同龄伙伴，她们之间的友情亲密且复杂，童年时期二人对爱情的向往移情到老师身上，嫉妒便横亘在她们之间。彼时李国华还被思琪、怡婷视为可亲可敬的老师，他的话

## 我的声音　唤你回头
——与《民法典》关联的女性权益故事

被她们当作圣旨，每一言内意、话外音都恨不得抽丝剥茧地玩味。学业高压之下，她们对未来的幻想全都移情到李国华身上。在思琪的眼里，他带着真理光芒而来，一整面墙的原典标榜着学问。

事实上，李国华尽心竭力购置的书架、四处搜罗的小说仅是他的助演道具。他徘徊于黑板之前，踱步的沉思掩饰着他的狩猎计划。在他的侵犯下，思琪挣扎走过青春的伊甸园，所有关于情与性的疑惑已不再成为谜题。思琪饱受恐惧和折磨，偷偷暗示父母李国华的所作所为，父母却宁愿相信为人师表的外人。思琪不死心，把她的遭遇当成别人的事情讲给父母听，父母却说这女孩年纪这么小就很"骚"，而后思琪绝口不提。怡婷目睹了思琪的变化，但她看不透，更不知思琪承受的羞耻和屈辱正是来自这位"讲台权杖"的压榨。这些隐秘，直到房思琪在山中发疯，并被送入精神病院，怡婷翻开思琪的日记才揭晓。

林奕含在小说后记中说道，她怕消费任何一个房思琪，也不愿伤害她们。创作此书时，她每天写作八个小时，写作过程痛苦不堪，常常泪流满面。她更坦言，自己所写的最可怕的事，是真实发生过的。2017年4月27日，林奕含自杀了。随后林奕含父母的声明，证实了书中所写即是女儿13岁时遭补习班名师诱奸的真实记录。

从社会学角度来讲，性骚扰和性侵害都属于短期性关系。20世纪70年代进化生物学革命的先驱特里弗斯的亲代投资理论和性选择理论认为：男人（投入少的一方）往往会比女人更为偏好短期性关系。

英国人类学家莫尼斯《亲密行为》一书中的总结则更能阐明两性之间的亲密关系。莫尼斯认为，两性亲密行为包括眼对身、眼对眼、话对话、手对手、肩对肩、腰对腰、嘴对嘴、手对头、手对身、嘴对乳房、手对生殖器、生殖器对生殖器"逐渐深入"的12个阶段。

当然，也有缩减过程，改变顺序，增添某种行为这几种变异情况。

从这 12 个阶段可以看出，男女之间从相识到恋爱再到发生性关系，行为会日益亲密。这当中也会有例外，尤其是两种变异情况——缩减过程或者改变顺序。本来，一些更加亲密的行为是发生在男女建立恋爱关系之后，而缩减过程或者改变顺序往往就会导致性骚扰甚至性侵犯。比如相识不久就身体接触，或者刚见面就触摸敏感部位。有些男人在两性关系上往往容易"得陇望蜀"，在言语挑逗或者身体接触的阶段女人如果不表示反对，男人往往会认为女人是默认的，或者是同意的。

然而事实上，女性往往并不这么想。

法学专家认为，性骚扰是指带有性暗示的言语或动作。通常会触及受害者的性别特征部位，妨碍受害者行为自由并引发受害者的抗拒反应。男性、女性都可能是性骚扰的受害者。性骚扰按照行为方式分类，可以分为言语性骚扰、行为性骚扰、环境性骚扰；按照发生场所分类，可分为校园性骚扰、公共场所性骚扰、职业场所性骚扰、家庭性骚扰、网络性骚扰。

总体来看，各种性骚扰问题存在已久。近年来，隐蔽的性骚扰越来越受到社会的关注，全球性大规模的"反性骚扰运动"也在兴起。

很多人认为性骚扰话题"上不得台面"。在《民法典》出台之前，我国法律关于性骚扰的明确规定来自《妇女权益保障法》第四十条："禁止对妇女实施性骚扰。受害妇女有权向单位和有关机关投诉。"

2021 年 1 月实施的《民法典》第一千零一十条则规定："违背他人意愿，以言语、文字、图像、肢体行为等方式对他人实施性骚扰的，受害人有权依法请求行为人承担民事责任。机关、企业、学校等单位应当采取合理的预防、受理投诉、调查处置等措施，防止和制止利用职权、从属关系等实施性骚扰。"相比之下，规定更为详细，也更具可损伤性。

《民法典》明确了性骚扰的构成要件，一是主观上违背他人意愿，二

## 我的声音　唤你回头
——与《民法典》关联的女性权益故事

是将言语、文字、图像、肢体行为等明确为性骚扰的实施方式，更加充分地发挥了法律对行为的指引作用。

《民法典》明确规定机关、企业、学校等有防止和制止性骚扰的义务，具有三层含义——

一是上述单位应该采取措施预防性骚扰的发生，例如在办公场所的设置上，采用透明隔断，开放空间，避免给性骚扰提供隐蔽空间等。

二是应该妥善处置有关性骚扰问题的投诉，不能以影响团结、妨碍工作等借口为由放任甚至掩饰。

三是引导公众，使其意识到防止和制止性骚扰应是有关单位乃至全社会的共同责任。

闺蜜小段告诉我，她原先工作过的单位已经迁出了那栋旧楼，现在统一在一栋综合性办公大楼的某个楼层办公。工作人员集中在大厅，工位采取的是一人一座的透明隔断，主任有单独的办公室，但四周也是落地玻璃配百叶窗，里面的一切都公开透明。曾经骚扰欺负过小段的那位主任已经被单位一位新来的女职工给告发了。在屡次提醒、拒绝未果的情况下，这个刚参加工作的女孩子向单位党委告发了自己的"分管领导"。很快，这位主任被调离了岗位。

"这个毕业于政法大学的女孩子引用了《民法典》里关于'性骚扰'的法条，指出侵害人所在单位应该承担的责任。有理有据，掷地有声。"小段说。

"面对面的肢体和言语行为的性骚扰很常见，但来自隔空言语信息的却难以引起重视。"黄小慧的援助律师告诉我。

在一次学术会议上，黄小慧认识了"学界前辈"李教授。作为一个在读博士研究生，她对李教授敬仰有加。她经常能在专业学术刊物上读到他的论文和最新研究成果，她心想，能被导师带着参加这样的学术会议，并认识李教授这样的"大咖"，实属荣幸。因为会议议程很满，只有晚餐后大家才有合影、聊天、喝茶的时间。黄小慧不胜酒力，便倒了一小杯红酒去敬头桌的长辈们，转到李教授那里，他非要黄小慧干一杯"白的"才算有诚意，黄小慧推脱不过，只好喝下，顿时满面通红。

"好！懂事！我看好小姑娘你后面的发展！"李教授满口酒气夸奖道。

晚宴结束，大家纷纷走到大厅拍照留念。抱着"粉丝看明星"的想法，黄小慧也不自觉地加入了和李教授合影留念的队伍。轮到她时，李教授突然提出，这张合影要用他自己的手机拍，然后他身体靠拢黄小慧，亲热地把一只手搭在她的肩头。对此，黄小慧也没怎么在意。

"哟，你穿得太厚，外套都是湿的。"李教授惊呼。闻言，黄小慧尴尬地理了理自己的外套，与李教授合了影。李教授主动和她加了微信好友，告诉她等会儿把照片发给她。

一个多小时后，黄小慧正与几个同龄参会者在咖啡厅里闲谈，手机突然响了一声，是李教授发来刚才的合影，还有几句话：

"小慧，你看你的胸口露得挺多，看上去很性感。脸也红红的，难免让人想入非非。"

黄小慧细看那张照片，因为之前理了下濡湿的外套，吊带露了出来，似有些不雅。她以为李教授是在和她开玩笑，但又觉得这个玩笑有些过头了，想了半天，她发了一个红脸淌冷汗的表情符号，李教授立马回复了一支玫瑰花。

夜里11点，有些疲惫的黄小慧回到房间，刚准备洗澡休息，又听见手机响了一声，还是李教授发来的信息，是歌曲《亲密爱人》的链接。她还没回过神，信息又接踵而至，先是"让我的吻陪你过夜"，然后是一句"晚安"。面对李教授的这一系列"神操作"，黄小慧惊呆了，不知道该

## 我的声音　唤你回头
——与《民法典》关联的女性权益故事

如何是好。李教授作为国内知名学者、教育专家，虽已年过半百却风度翩翩，媒体也曾报道过他与妻子之间动人的爱情故事，她实在难以将这样的"君子"往坏处联想。

第二天早上，李教授做大会主题发言。发言结束后，他从主席台上走下来，跟同行们握手，到黄小慧，李教授很有风度地伸出手，露出前辈对后辈的和蔼微笑，仿佛昨天的一切都不曾发生。黄小慧心里的一块大石头落了地——看来之前教授是在跟她开玩笑，也许他昨晚喝多了。

半小时后，正在参加另一场学术报告的黄小慧收到了一条新信息，李教授发的——"你的内衣是红色的吧，隔着衬衣我都能看到那么鲜艳的颜色，很美很性感。"黄小慧的心顿时沉了下去，羞耻、惊慌、恐惧、愤怒，五味杂陈。"教授，您别开这样的玩笑，这样不太好。谢谢！"黄小慧强压住心中的愤怒，让自己冷静下来，过了半晌，才给李教授回复了这条带有拒绝和警示意味的信息。李教授马上又发了一条信息过来："我跟你导师还有院长都很熟，院长是我的学生。"这句话的末尾还跟着三个露齿大笑的表情符号。

"看到这条信息，我的头都要炸了，这是赤裸裸的威胁啊！"黄小慧回忆道。说不怕那是假的，黄小慧的导师非常严厉，她带的博士生有好几个都没能如期毕业，院长最初就不太看好她，如果不是导师坚持，她甚至读不了博士。"不知道李教授后面还会做什么，我心里真的很乱。"

好在随后两天，李教授并没有再发信息给她。会议结束，黄小慧跟着导师回了西南，李教授则飞回了上海。黄小慧估计两人相隔千里，往后也不会有什么交集。她不敢删除李教授的微信，但向他屏蔽了自己的朋友圈。

岂料，回校当晚，黄小慧再次收到了李教授的信息："又是美妙的11点，你是不是刚刚洗完澡，全身赤裸地躺在床上，等待着某个男人，晚安。"惊讶，气愤，无语。

"那时我想着，没关系，你发就发吧，我又没什么把柄落在你的手里，就当是收了条垃圾信息。"

那天是2020年的9月18日。从那晚开始，黄小慧每天晚上11点都会收到李教授的"晚安问候"。每一条信息，几乎都是赤裸裸的情色表达。其间，黄小慧多次与李教授沟通无效，他要么就是打哈哈，要么是以院长和导师相要挟。黄小慧也想过报警，但有朋友告诉她，如果对方没有实质性的行动，又没有在互联网上泄露你的隐私毁坏你的名誉，找警察是没有用的。这件事如果传出去，没准儿别人会认为你和他之间存在不清白的关系。黄小慧也想到，如果报警不成反被报复，自己一个小小的博士研究生，是绝对不可能斗得过学界大佬的。

"我试过删除他的微信，但他不停地发来好友验证还加以威胁，要是不恢复微信好友，他就要找院长聊天，主要聊我。"

黄小慧每天晚上都在忍耐，忍耐那11点准时发来的"晚安"。2021年元旦，黄小慧恋爱了，两个人感情升温很快。黄小慧知道自己手机里的"定时炸弹"，所以每晚11点之前她都会关掉手机，并且每天坚持删除李教授发来的信息。尽管如此，意外还是发生了。一个星期六的晚上，外面突然下起了雨，黄小慧被淋了个透湿。她跑回家，第一件事情就是洗澡换衣服。身心疲惫让她减少了警惕心，手机就搁在床头柜上。当时男友正坐在床头柜旁，看见浮窗的"晚安""亲爱的"等敏感字眼，十分诧异。李教授又把上次的合影发了过来，还配上了挑逗的话语："晚安，亲爱的，想你了，就不由自主翻出去年的照片看看。其实，咱们应该在其他地方拍更多属于你我的照片。"黄小慧走出浴室，看见的是男友铁青的脸。

"你给我说清楚，这个老男人是谁，跟你有什么关系？"

"没有，你，你不要误会，他只是去年我在学术会议上遇见的一位前辈，他喜欢开玩笑……"

"学术会议？你们在宾馆照相？你确定他是在和你开玩笑？他还跟你说晚安，你们的关系进展到什么程度了？"

"真的，事情不是你想象的那样……"

在男友的逼问下，黄小慧哭着把遭受李教授长达半年"隔空信息"骚扰的事情和盘托出，并讲出了自己的担忧。

男友当即联系了李教授，对他的行为进行了斥责。但李教授并不以为然，认为自己只不过是在开玩笑，又没有真的做过任何出格的事情，也就是言语上随便了些，"这是一个正常男人遇见漂亮女人的反应，并无恶意，更没有侵权。你们如果想去法院告，那么尽管去，由此引起的后果你们自己承担"。

最终，在男友的鼓励下，黄小慧前往法律援助中心寻求律师的帮助。

在《民法典》颁布实施的背景下，李教授的"隔空信息"行为是否构成性骚扰？其伤害程度究竟如何？

律师认为，是否构成性骚扰，要从被骚扰者和骚扰者的主客观状态进行具体分析。首先看被骚扰者的主观状态，骚扰者的行为违背了被骚扰者的主观意愿，引起了被骚扰者的心理抵触、反感和恐惧等反应；骚扰者的主观状态是出于一种带有性意识的故意，即骚扰者明知自己的行为违背了对方的主观意愿，但仍希望或者放任这种结果发生。

李教授对于黄小慧的行为出于主观故意，在违背女方意愿的情况下，以发送性暗示和威胁性信息的方式侵害了女方在性方面所享有的人格利益，对女方及其社会生活造成了相当程度的损害后果，其行为构成性骚扰。

律师还特别指出，性骚扰的含义其实很广泛，并非"没有做过出格的事情"那么简单。从骚扰者的客观行为看，骚扰行为可以表现为作为，即积极主动的言语、身体、眼神或某种行为、环境暗示等；也可以表现为不作为，即利用某种不平等的权力关系使被骚扰者按照其意志行为；而性骚扰行为直接侵犯的权利客体是被骚扰者的性权利,实质上是公民人格尊严权的一种。

"尽管司法实践中已经尝试对性骚扰行为进行定义,但是当前我国法律规范体系中并没有关于性骚扰的明确定义。区别于《刑法》上的强奸、强制猥亵等暴力性犯罪,性骚扰通常被认为是性侵犯的一种较轻微的表现形式。从性骚扰者的主观故意看,其并非想伤害他人的身体,而是无视他人人格尊严的存在,是对民事法律规范所保护的民事主体人格尊严权的侵犯,从性骚扰造成的后果看,主要不是身体上的伤害而是精神上的损害。"律师进一步解释道。

最后,就女性如何避免性骚扰或性侵,这位律师也提了几点建议:第一,面对性骚扰要勇于拒绝,要及时指出,表明自己的态度,防止对方得寸进尺,第二,尽量不要晚上单独和男性(亲人除外)一起,除非你非常信任对方。

据我所知,虽然找了律师,但黄小慧目前还在犹豫到底要不要将李教授告上法庭。

"这里面牵扯的关系太多了,好在他知道我这边动了真格,也就没有再给我发信息了。"黄小慧说。

同样是言语骚扰,武汉大学副教授杨某某则因此受到了处理。

2021年4月15日,武汉大学党委教师工作部发布了关于"科研人员涉言语骚扰女学生"的处理通报:对杨某某予以解聘。

据了解,杨某某此次涉性骚扰事件被武汉大学调查,源于此前十余名女学生联名举报其涉嫌性骚扰并提交了相关证据。

一位曾遭遇骚扰的女学生告诉媒体,2021年4月2日下午,她在图书馆被化名为杨子博的杨某某搭讪,并多次索要联系方式。4月6日,杨

## 我的声音　唤你回头
——与《民法典》关联的女性权益故事

某某开始对其进行言语骚扰,引起这位女生的极大反感。

"刚开始我不知道他是老师,他介绍自己是生科院的师资博士后,叫杨子博。"女生开始联系生科院的学生,希望了解杨子博的实验室和老师是谁,并向他们告知该情况,结果发现生科院并没有这个人,"我们都觉得很奇怪,以为是外面的人捡到了学生卡混进来的"。

经过进一步了解,被骚扰的女孩发现杨某某的真实身份是武汉大学医学部动物实验中心的一位老师。此后众多受害人证实,杨子博就是杨某某的化名。

"他把官网上的个人介绍截图下来,然后把姓名 PS 成杨子博。"得知杨某某的真实身份后,这位女生非常震惊。

当性骚扰事件在小范围内传播,越来越多的受害人相识之后,大家才意识到此人是个"惯犯",需要学校介入并调查处理。随后,被性骚扰的女生对杨某某进行了联合举报。

2021 年 4 月 15 日,武汉大学党委教师工作部发布通报称:"经查,杨 xx 的行为严重违反教师职业道德,影响恶劣。根据国家和学校相关规定,经学校研究决定,对杨 xx 予以解聘,并按程序报请相关教育行政部门撤销其教师资格。"

为了打击性骚扰行为构成的人身侵权,《民法典》对非肢体接触类骚扰行为进行了明确的界定。此外,《民法典》还规定了单位对性骚扰的预防和处置义务,当出现人身侵权行为时,机关、企业、学校等单位要有采取合理预防、受理投诉、调查处置的措施,防止、制止利用职权的性骚扰行为。若不及时处理,出现"捂盖子"的行为,单位或为此承担相应的法律责任。

**本章与《民法典》关联法条：**

**第一千零一十条** 违背他人意愿，以言语、文字、图像、肢体行为等方式对他人实施性骚扰的，受害人有权依法请求行为人承担民事责任。

机关、企业、学校等单位应当采取合理的预防、受理投诉、调查处置等措施，防止和制止利用职权、从属关系等实施性骚扰。

## 最后一份遗嘱

老人家,您为什么要随时修改遗嘱?

因为我信不过自己的儿女,现在《民法典》规定,我可以撤回、变更自己所立的遗嘱,而且,以我最后的遗嘱为准。

## 我的声音 唤你回头
——与《民法典》关联的女性权益故事

老人家,您为什么要随时修改遗嘱?

因为我信不过自己的儿女,现在《民法典》规定,我可以撤回、变更自己所立的遗嘱,而且,以我最后的遗嘱为准。

在向读者讲述"最后一份遗嘱"的相关故事之前,我要先说说周婆婆和王婆婆的经历。

周婆婆的遭遇,是我在石井坡街道采访时得知的。那天,我与一位居民闲谈,听他说起最近令人头疼的几件事。除老楼房楼顶漏水之外,就是有个老婆婆三番五次到社区来讨公道。欠这个老婆婆"公道"的,不是哪个单位哪个外人,恰是这位七十多岁老人的儿子和儿媳。

周婆婆是某大型国企的退休职工,丈夫早年病逝,周婆婆独自一人拉扯两个有智力缺陷的儿子长大。两个儿子没有稳定的工作,收入也很低,但周婆婆还是凭一己之力给他们置办了两套房子,只是房子的面积和位置不同。大儿子比较幸运,娶到了媳妇,周婆婆给他的房子面积略小,位置在郊区；残疾较重的小儿子一直单身，便和周婆婆一起住在另一套房子里，母子俩的房子位于市区，出行比较方便。时间一久，围绕这两套房子，亲人之间的嫌隙便产生了。大儿媳妇第一个跳出来指责老人"偏心"：凭什么小儿子没有成家却要住那么大的房子？将来我们夫妻俩还要生孩子，屁股大点的地方哪里够住？大儿子夫妻二人觉得不公平，三番五次上门，要求周婆婆"换房"——大的房子给他们住，周婆婆和小儿子搬到小房子去。周婆婆觉得大儿子和儿媳完全是无理取闹，"有房子住已经很不错了"，便拒绝了他们的要求。眼见"换房"不成，大儿媳妇又盯上了周婆婆的退休金——要求老人从自己每月两千多元的退休金中拿一千块出来补贴他们夫妻俩。三天两头被儿子儿媳打扰，好好的生活成了一团乱麻，老婆婆便跑到社区想讨个公道：你们说说看，我儿子儿媳像话吗？我含辛茹苦把他们养大又给他们买了房子，换来的却是"人心不足蛇吞象"，我不求养儿防老，可他们也要给我留一条活路呀！求助的过程中，有人给她出主意，既然两套房子都在她名下，那现在就可以立一份遗嘱，两个孩子中，谁对老人不好，谁就没有继承权，不管大房子还是小房子，统统没份。

另一个"农转非"社区里有一个王婆婆，生有一儿一女。在安置过程中，王婆婆分到了一套小房子，但儿子总是想方设法地游说母亲，想把这套房子弄到自己名下，并信誓旦旦地向母亲保证"以后我肯定精心照顾您，给您养老送终"。对于房子的事，早已出嫁的女儿并没有什么意见，但等王婆婆跟儿子住到一起，才发现两代人的生活习惯差异很大。老年人有看不惯年轻人的地方，就会絮絮叨叨地抱怨，有时难免会引起儿子、儿媳的不满，时间一长，他们对王婆婆就怠慢了。于是，王婆婆萌生了单独到小房子去住的想法，但又担心这样一来，儿子便不再管她。再三思虑之后，她要求把小房子要回来，归在自己名下。对此，儿子坚决不同意。双方争执不下，甚至差点闹上法庭。满肚子委屈的王婆婆找到社区，请求他们为

### 我的声音 唤你回头
——与《民法典》关联的女性权益故事

自己说几句公道话。了解了前因后果，社区书记找到了王婆婆的儿子，与他诚挚交流，告诉他："你母亲并不是不把房子给你，只是希望你能一直对她好。毕竟年纪越大身体越差，今后需要人照料的时候更多。"同时，社区还找到了王婆婆的女儿，得到了"只要哥哥对妈好，将来我也不会去争房子"的承诺。王婆婆也决定将来把这些共识和想法写进遗嘱里。最终，儿子同意王婆婆搬出去住，并把小房子挂在王婆婆名下。现在，有了实际利益的约束，儿子和儿媳对王婆婆孝顺多了。

立遗嘱能够体现立遗嘱人的真实意愿，还能够起到平息纷争的效果。我国《继承法》规定，公民可以依照规定立遗嘱处分个人财产，将个人财产指定由法定继承人的一人或者数人继承，并指定遗嘱执行人。也可以立遗嘱将个人财产赠给国家、集体或者法定继承人以外的人。确立遗嘱的行为是立遗嘱人行使权利的过程，遗嘱是权利人行权的结果。遗嘱发生效力是在立遗嘱人去世之后，因此，法律对遗嘱的形式要件规定得比较严格。公证遗嘱由遗嘱人经公证机关办理。自书遗嘱由遗嘱人亲笔书写、签名，注明年、月、日。代书遗嘱应当有两个以上见证人在场，由其中一人代书，注明年、月、日，并由代书人、其他见证人和立遗嘱人签名。以录音形式立的遗嘱，应当有两个以上见证人在场。危急情况下，遗嘱人可以立口头遗嘱。口头遗嘱应当有两个以上见证人在场。危急情况解除后，遗嘱人能够用书面或者录音形式立遗嘱的，所立口头遗嘱无效。

《民法典》中，最引人注目的新增条款在第一千一百四十二条，关于遗嘱的撤回、变更及效力冲突："立遗嘱后，遗嘱人实施与遗嘱内容相反的民事法律行为的，视为对遗嘱相关内容的撤回。立有数份遗嘱，内容相抵触的，以最后的遗嘱为准。"

"不到最后的时刻，我不会立下最后一份遗嘱。"徐奶奶说。在这位独自抚养五个子女长大成人的寡母那里,"最后一份遗嘱"是她晚年生活的重要保障。

年逾八旬的徐奶奶在城边有一座院子,市价一平方米一万多块钱,且未来还有征收的可能。徐奶奶自己有退休金和存款。二十多年前,徐奶奶去了外地,给大儿子带孩子。按照约定,徐奶奶在异地跟着大儿子住,由大儿子全面照顾,其他的孩子每月给老人200元赡养费。徐奶奶疼孙子,什么钱都往孙子身上花,孙子的吃穿用度几乎都是奶奶给买的,所以,老人的其他子女觉得,自己给老人的赡养费都补贴给了大哥和孩子,渐渐地,就有子女开始不给或者拖欠赡养费。1997年,徐奶奶中风,大儿子第一时间向弟妹们传达了这个消息,结果直到一个星期后才有人来看望母亲,三女儿和小儿子则借口出差在外,始终都没有出现。幸而徐奶奶就医及时,并没有留下大的后遗症。但这件事过后,徐奶奶彻底心寒,想到自己突然身患重疾,希望趁清醒,安排好自己的身后事。徐奶奶立了一份遗嘱,把院子留给大儿子一家,把数百万存款及首饰留给其余四个子女。为表郑重,立遗嘱那天,徐奶奶专门回了老家,把子女叫到一起,还叫来了两个信得过的亲戚做见证人。遗嘱当中的利益倾斜十分明显,除了大儿子,其余子女对这份遗嘱的内容都非常不满,他们甚至认为是"大哥挑唆母亲这么做的""大哥就想独吞母亲的房子"。徐奶奶的二儿子和四儿子当场表示,母亲这样做有失公允,他们以后也没法对母亲多尽一份孝心。

从此以后,除大儿子外,其他子女都对徐奶奶异常冷淡,逢年过节连个电话都不打。而受益最大的大儿子,对待母亲的态度也渐渐开始转变。徐奶奶买菜做饭带孙子,大儿子大儿媳每月都要给400元生活费,从2000年下半年开始,物价上涨,400元常常到月中就用完了,尔后都是徐奶奶拿自己的退休金来补贴。久而久之,徐奶奶难免会有怨言,与大儿子儿媳之间经常就一些生活琐事发生争吵。徐奶奶个性倔强执拗,她觉得自

## 我的声音 唤你回头
——与《民法典》关联的女性权益故事

己一大把年纪忙忙碌碌了一辈子,完全没有必要贴钱给人当保姆,伺候一大家子。她到大儿子这里来的初衷,就是帮忙带孙子。于是,她只给孙子买菜做饭,买水果零食也拿回自己房间,说是只有孙子可以吃。用大儿媳的话来说,一家的日子分成两家来过,连一顿饭都要分成两顿做。儿子下班回来,徐奶奶给自己和孙子做的饭还没熟,等到六点半徐奶奶的饭做好,儿子儿媳才能用空下来的灶,等饭做好已经将近晚上八点了。大儿媳胃不好,吃饭太晚有些受不了,就又另买了电饭煲和电炒锅。一个月下来,水电气费都增加不少。更重要的是,随着彼此关系的僵化,在屋里,徐奶奶和儿子儿媳都不大说话,大家闲时坐在客厅里,一片静悄悄,感觉空气都快要凝固了。所以,平时各自忙完手里的事情,就回到自己的房间,到了该做饭的时候才依次出来。

徐奶奶是从邻居那里听说儿子儿媳在替自己找养老院的。"你儿子很孝顺呀,附近有一个新修的老年公寓,每个月的费用要上千块,我在那里咨询的时候,你儿子儿媳刚好也在那里。我说这里好贵的,你儿子讲,不怕的,他承受得起,再说了,你也有几千块钱的退休金。"邻居说。那是2005年,城市高档养老院方兴未艾,但养老院再怎么好,也绝对不是有儿有女的单身老母亲的最佳选择。那时人们都认为,进养老院的都是最可怜的孤老,或者有着万般无奈的"空巢老人"。邻居是个离婚几十年、单身一人的老婆婆,独生女儿在美国定居,之前她曾经在美国生活了几年,但觉得不适应——她不会说英文,没有朋友,吃饭也不习惯,虽说华人聚居地的超市也卖中国人的日常食材,但总觉得哪里变了味。看电视吧,又都是英语节目,听不懂,所以最后老婆婆还是选择回国,独自生活。随着年纪越来越大,她开始给自己找合适的养老院。邻居的情况特殊,住养老院无可厚非,可徐奶奶一听儿子儿媳寻思让她住养老院便上了火,再说,整件事从头到尾都没有向她透露一星半点。她大动肝火,找来儿子儿媳,质问他们为什么要送她去养老院，为什么要抛下她不管！

"没有没有，您年纪渐渐大了，想着您在那里可以认识更多的朋友，环境也更好，我们也只是提议。"儿子儿媳一个劲儿地解释。"您看，咱们生活方式不一样，住一块是有不少问题，您不想住养老院，那咱们就近租个房子给您也行呀！"

…………

但这些解释徐奶奶已经听不进去了。她认定，大儿子大儿媳想到房子已经到手，就准备把她像个没用的物件一般扔掉。

几天后，徐奶奶回了老家，召集儿女和亲戚，当众撕毁了曾经立下的遗嘱，她宣布，哪个孩子对她好，将来就多分遗产，至于怎么分，她也没说。五个子女讨论过后决定轮流照顾母亲。从 2006 年春天开始，徐奶奶在每个孩子家里住上两三个月，一年里，要辗转三四个地方。老人生病住院时，便由住在一起的子女负责照顾，其余人分担老人的医药费和营养费。孩子们的态度让徐奶奶很满意，她觉得这样用遗产"吊"住孩子们的方法很有效。15 年过去了，徐奶奶身体一天不如一天，也曾数次被紧急送进医院，所幸每次都有惊无险。其间，她也曾因某些突发事件的刺激立过新遗嘱，但过不了多久，这份临时起意立下的遗嘱就又被推翻了。15 年间，徐奶奶前前后后共推翻了六七份遗嘱，直到 2021 年春天，徐奶奶手上也没有一份她认可的遗嘱。

有一个当律师的亲戚给她支招，说是依据现在的《民法典》，公民个人可以依法设立遗嘱信托——这是委托人以遗嘱的方式将财产规划内容，包括交付信托后遗产的管理、分配、运用及给付等内容详订于遗嘱中，在委托人死亡后生效的一种遗产管理安排。之前的《继承法》中并无关于遗嘱信托的规定，新出台的《民法典》首次承认了遗嘱信托的合法性，这意味着遗嘱信托不仅要符合《民法典》继承编中关于遗嘱的规定，也要符合

## 我的声音　唤你回头
——与《民法典》关联的女性权益故事

《信托法》的规定。也就是说，徐奶奶可以把遗产分配方案托付给信托机构，遗嘱内容对儿女保密，在徐奶奶去世后，遗产分配可以按部就班地进行，而不至于事到临头一片慌乱。

最后一份遗嘱，与年老的母亲渴盼子女的贴心关怀紧密相关。从心理学角度来看，在已经成年的子女跟前，老人的心是卑微的，期盼他们的关心与扶助，期待自己在他们心中是有用的，也希望自己不要拖他们的后腿。我还记得一次我与母亲谈论起上午在超市附近看见的一件事——一个老婆婆跌倒在台阶上，头朝下，大半天都没有动静，围观的人很多，却没有一个上前搀扶。好在有人报了警，十分钟后，警察赶过来救助了这个老婆婆，并且把她送去了医院。我不禁感叹，少数老人在外面出了意外被人救起还要倒打一耙赖上救人者，这类事情报道得多了，人们自然不敢随意出手相救，只能选择报警或在有众多人证物证的前提下实施救助，事已至此，实在是很可悲。这些老人是始作俑者，也是最大的受害者。在最危急的时候得不到救助，往往会错过救命的黄金时间。

"其实他们当中的一部分人也有自己的苦衷，不少人从农村出来跟着儿女，自己没有退休金没有医保，一门心思想着不给儿女添麻烦，所以一旦出事，他们首先就要抓一个能替自己担责的人，免得受儿女抱怨甚至被遗弃。这其实更可悲吧！"母亲说。母亲居住的小区里有几个这样的老婆婆，她们平日里总是小心翼翼，生怕自己出事给子女惹麻烦。

在母亲看来，徐奶奶的情况其实是最好的一种——她本身是个有钱的老太太，手上有可以牵制子女或者说使得子女必须孝顺她的东西。实际生活中，跟儿女一起生活的老人好多都身不由己，他们中有相当多的人属于"老漂族"，顾名思义，就是漂泊在异乡的老年人。

不同于以往，"漂"在异乡的老年人绝大多数不是为了自己的生存生计，而是出于为人父母的情义。他们离开家乡"给儿女帮忙",帮他们带孩子，照顾家庭里的"第三代"。

社区里的随迁老人有很多。国家卫生健康委员会 2018 年发布的调查数据显示,中国有随迁老人近 1800 万,占全国 2.47 亿流动人口的 7.2%,其中专程来"照顾晚辈"的比例更是高达 43%。

随迁老人还有一个特点,女性占多数,一般来说,她们是"给儿女帮忙"的主力。

"你为什么要给儿女帮忙？"

"退休了，闲着也是闲着，不如帮忙带孙。"

"孩子很早就离家学习了，工作也在外地，我们年纪大了，还想跟孩子在一起。"

"父母也好，儿女也罢，虽说法律规定父母应当抚养未成年的子女，子女要赡养年老的父母，但法律归法律，人情归人情，儿女现在忙不过来，我们去给他们帮忙，将来我们动不了需要他们，他们也就义不容辞。"

…………

李羽（化名）的父母从外地赶来帮忙带两个孙子已经很多年了，虽说母亲是绝对的主力，父亲的辅助作用也不可或缺。母亲做饭，父亲就帮着摘菜；母亲给小孩洗澡，父亲就帮着洗衣服……父亲近来返回老家处理自建房管道老旧漏水的问题，爱人这段时间又频频出差，就只有母亲和李羽使劲儿"顶上去"。

李羽下午五点半下班后必须马上回家，不能有片刻耽误，因为儿子的课后作业需要通过手机 App 完成，李羽母亲不大会用智能手机。李羽下班时会顺道在"婴幼儿启蒙园"接上小女儿。

儿子放学通常是下午四点半，一般由李羽母亲坐两站地的公交车去接。

最后一份遗嘱

## 我的声音 唤你回头
——与《民法典》关联的女性权益故事

父亲若在,早上就是他负责送小孩上学,但这些天,只有母亲接送。上午李羽还特意交代母亲,要教儿子学着自己过马路,自己坐公交车,以后还要试着让儿子自己回家,毕竟他们班上已经有几个同学能自己坐车来回了。

"老人每天买菜、接孩子,到处东奔西走,还是有点担心会出意外。"这是李羽想让儿子早点"独立"的重要原因。

李羽母亲患有严重的骨质疏松症,医生说过,摔跤就可能导致骨折。但前来给儿子帮忙的老人是坐不住的。山城秋冬多雨,小超市附近路面湿滑,松脱的路面砖下面藏着"积水炸弹"。为了买到打折的鲜肉鲜鱼,老太太还是小心翼翼地撑着伞踩着盲道前行。为了抢时间,她也时常牵着孙子一路小跑穿过马路,他们走的又并非人行横道,"两头没有车嘛,不怕的",老太太总是这样说。这一切,都令李羽十分担心。

李羽的担心是有道理的。

在某个社区,一个老人抱着才一岁的外孙女横穿马路,被一辆货车撞飞,虽然保住了性命,外孙女却因伤及颅脑落下了终身残疾。孩子如今已经十岁了,上了小学,成绩也不错,可就是走路时一侧身体不听使唤,一瘸一拐的。年事已高的外婆像个"罪人"一样,成天簸着脚跟在孩子身后——她本来只是来看看孩子,结果为了这个孩子,数年间回不了乡下。当年的车祸外婆负主责,家里没有拿到什么赔偿金,为了给孩子治病,孩子的父母拿出了全部家当,连做生意的铺面也卖掉了。现在夫妻二人都在外打工,拿着一点微薄的"困难职工补助"。

张伯和爱人王姨住在渝北,他们从外地到重庆照顾孙子已经有八年了,两人有失眠这个毛病也快五年了。

不知从什么时候开始,原本倒床没几分钟就打呼噜的老张,现在每天晚上最多只能睡四个钟头;王姨睡眠很浅,总是处于半梦半醒的状态。有了失眠这个毛病后，夫妻俩常常互相埋怨，王姨说张伯：你能不能不要老是翻身，快两百斤的人翻一下身，本来我快睡着也醒了。老张很无奈，如果不翻身，自己整个人会觉得很僵硬，时间长了也睡不着。五年来，他们先是按照朋友的推荐吃维生素，"说维生素有催眠效果"，但感觉作用不大。后来，老两口又拿着儿子的医保卡去社区医院开安眠药，情况似乎有所好转。但这种药如果长期服用会产生药物依赖，还会导致肌肉松弛，使老年人容易摔倒。这些都恰好被这对老夫妻忽略了。

2015年底，张伯带着王姨游古镇。王姨在跨门槛的时候绊了一下，导致脚踝骨折，休养了两年才逐渐康复，此后，老人的睡眠问题更加突出了。

"我们俩其实挺孤独的。"张伯在我面前流露出落寞的表情。

张伯和王姨不会说重庆话、不适应巴渝风俗，这里"连麻将打法都完全不一样"，几年下来，能称得上点头之交的邻居只有两三个，"其实有一个和我还挺谈得来的，跟我们是一个地方的，可我老伴不喜欢她，说老了老了还涂脂抹粉，妖艳"。这个社区十几栋楼里住了上千人，但对于张伯和王姨来说，基本都是陌生人。"现在不像以前，家家户户门都关着，谁也不理谁。哪像以前的平房，小归小，成日家门都是打开的，邻居之间互相串门。"生活没有任何动力，只有在面对两个孙儿的时候，他们才感觉自己是被需要的。为了辅导孙子学算术，张伯特意买了一块小黑板摆在客厅最显眼的地方，用硬壳纸剪的算式卡片也堆成厚厚一叠。儿子儿媳下班回家后，张伯常常感到很失落："他们下班回来，要么看电视、玩手机、逗孩子，要么继续加班，反正不大跟我们说话。我理解，他们白天忙了一天，回来不想说话也正常。"

失眠已久、脾气大变的王姨对儿媳的生活习惯实在忍无可忍，她看不惯儿媳周末睡懒觉啥都不干，连自己主卧的马桶都不擦干净，没事喜欢"买买买"，有时回家很晚还一身酒气。跟儿子念叨几句，儿子却向着媳妇说

## 我的声音　唤你回头
——与《民法典》关联的女性权益故事

话,反而劝她不要干涉"年轻人的生活方式",还替媳妇辩解说什么"接待是工作之一,都是工作所迫"。每每争吵,王姨都想直接撒手回老家,"说不定回家就睡得着觉了",却又舍不得两个孙子。

老张对我说:"我和老伴真想回老家,去过真正的退休生活。四处旅游,走走看看,见见故乡的朋友。现在再不走动,以后想动也动不了了。"

在渝北这个周边生活很便利的新兴社区里,"老漂族"几乎都来自区县和外省市,其中农村、乡镇占了一半,照顾晚辈的占了70%。不容忽视的是,"失眠""心情抑郁"成了这群"老漂族"的"通病"。

有分析指出,城市"老漂族"不断壮大是中国人口城市化水平不断提高的结果,带有城乡二元结构和户籍区隔的特点,同时反映出中国家庭养老模式的合理性和隔代育幼的现实性。老人与子女共同生活,一方面可以有效整合家庭资源,两代人共同应对养老和育幼的双重挑战,另一方面,当随迁老人不适应新生活时,家族成员之间的摩擦和冲突可能会加剧,随迁老人的心理和身体健康问题也会日渐凸显。

给儿女帮忙的老人很容易沉浸在自己的角色里。他们渴望得到子女的深切认可和需要,潜意识里希望自己能成为整个家庭的主心骨。

"在这件事情上,妈妈们表现得尤为明显。"汤朝千说,"她们会频繁使出自己的杀手锏,抱怨、唠叨甚至自责,企图用这样的方式让我们顺从。"

这种事,即使是心理咨询师也难免会遭遇。

那次我与汤朝千的访谈时值周日,其间他不断接到母亲的电话,大部分都没有什么实质性内容,多是"想和儿子说几句话"或者"有几件小事我要交代给你"。不到六十岁的汤妈妈其实就和儿子住在一起,帮忙照顾孙女,只是汤朝千很忙,每天早出晚归,与母亲的交流很少,汤妈妈总是渴望儿子对自己的付出给予肯定，最终，孤独的汤妈妈选择了用唠叨来提醒儿子。

我对汤朝千说起了我的母亲。母亲原本性情开朗，也有许多朋友，患上子宫肌瘤和乳腺癌后，她切除了子宫和一侧乳房，从那之后，她开始喜欢宅在家里，变得多愁善感，喜欢抱怨。比如，她说做家务会腰疼，我告诉她家里每周有钟点工来打扫，所以不必天天拖地擦桌子，她说钟点工只会做表面功夫，角落里积了一尺厚的灰也不会管。做饭时，她不满意别人买来的菜，便事事亲力亲为，我做菜时，她也会在一旁指指点点。再比如，她帮忙带孩子时，会坚持帮孩子穿衣梳头，即使学校就在家楼下也依然接送，也不让孩子做家务。这样一来，孩子因为过度娇养而变得异常难带。渐渐地，我萌生了自己带孩子的想法，便请她回成都老家休养一段时间。一段时间过去，孩子已经渐渐适应了相对的生活，谁知母亲又回来了，说是放不下自己的外孙。没过多久，她又开始了新一轮的抱怨和指责，家里的气氛非常压抑。

汤朝千告诉我，从心理学的角度讲，每个人都渴望被人关注，长期以来相对处于弱势的女性群体更是如此。我们这代人的母亲大多出生于20世纪五六十年代，她们没有什么自己的爱好，一门心思只想着为家人做贡献。在她们看来，自己的付出和回报往往不成正比，要引起家人的关注，必须找到一种途径。抱怨、唠叨、责备，或许是她们展现自我价值的一种必然方式。更有甚者会自作主张，擅自替子女做决定，有时甚至会留下难以挽回的伤痛和损失。

谢乐曦作为陪审员，曾听审过这样一起故意杀人案——一个老太太为了替生活艰难的儿子"减负"，设计溺死了自己身患残疾的孙女。

据说，这位老太太的大孙女不到六岁，患有严重的自闭症。虽然没有治愈的可能，但儿子儿媳还是尽力筹钱给孩子治病。之后，夫妻俩又生了

## 我的声音 唤你回头
——与《民法典》关联的女性权益故事

二胎,家里的负担就更重了。大孙女是老太太一手带大的,孩子平时不能与人正常沟通,格外依赖自己的奶奶。案发后,家人回忆平日里的细节,找不到任何她想要害大孙女的痕迹——孩子有一点流鼻涕她都担惊受怕,一整夜看着生怕她蹬被子。如果硬要追溯,便是儿子、儿媳在给二胎买完奶粉后,偶尔会叹息家里一点存款也没有,下个月发工资前又要靠信用卡度日了,每到这时,老太太眼底便会泛起泪光,将在一旁无知玩耍的大孙女搂在怀里,说一句,造孽呀,你来这世上……

孩子是在一个人迹罕至的湿地公园被害的。

事发二十四小时后,老太太和家人报警,称下午老人家带着身患残疾的大孙女到湿地公园去玩。中途,老太太突然内急,叮嘱孩子在湖边等她,等到她匆匆忙忙赶回来时,却发现孙女已经不见了。作为案例的当事人,老太太在讲述大孙女不见了的过程中,虽然表情悲戚,但叙事逻辑严密,滴水不漏。她反复提到"咱婆孙俩经常来水边玩""孩子可能从此见不着了"。这两句话引起了办案民警的怀疑:难道孩子落水了?老太太凭什么判断可能再也见不着孩子了?于是,民警迅速调取了事发时湖边的监控录像,由于摄像头的角度受限,只能拍到湖岸的一部分,但其中几段视频引起了民警的注意:一段是老太太牵着大孙女向湖水靠近,之后又和大孙女一起折回湖边;一段是大孙女独自一人朝湖水靠近,之后老太太也朝同一方向走去;一段是老太太独自折返岸边,在一棵大树下换了一件外套。民警把这几段视频放给老太太观看,要求她对自己的行为做出解释。视频播放时,老太太的神色一点点黯淡下来,看见自己拉着孙女的手朝湖水走去时,她那干裂的嘴唇甚至在微微颤抖。她表情复杂,其中有慌乱、有恐惧、有真相被发现的愕然,更有发自内心的悲恸。待视频播放结束,老太太已经恢复了平静。她告诉民警,事发当天,自己和孙女像往常一样在湖边散步,孙女很喜欢看湖水里针尖大的小鱼,所以她们便凑近了细看,过了一会，她准备带着孙女离开湖边，这时，孙女突然要捕鱼，于是她答应孙女到公园门口去买个捕鱼网兜，让孙女乖乖等她回来。那时太阳很大，动一下就觉得热得受不了，幸而出门时带了一件薄外套，她就赶紧换上然后出去买网兜，等她回来时，孙女就不见了。民警从视频和老太太的话中发现了疑点：从视频看，老太太换衣服的过程中有脱下外套还拧了几把的动作，这说明那件脱下的外套浸了大量的水，绝对不是"有点出汗"就能够解释的；老太太说自己出门带了一件薄外套，但按照常理推断，一般人到离家只有三站地的公园去散步游玩，随身再带一件外套的可能性基本不大。于是，民警将那片湖作为搜索重点，很快，在距离湖岸不到20米的水中找到了孩子的尸体，这起小孩失踪案成为一起刑事案件，老太太具有重大作案嫌疑。

　　起初，老太太一直坚持自己的说法，直到破绽百出再也无法辩解，她才说出了骇人的真相：她特意带大孙女到湖边去，并诱导她朝湖中走去……

　　她是你一手带大的亲孙女，你为什么要这么做？

　　为我的儿子、儿媳减轻负担，他们已经承受不住了。他们身为孩子的父母，肯定下不了手，所以还得我这个老婆子来。

　　你知道这样做，你会付出什么代价吗？

　　大不了一命抵一命呗。我老了，可年轻人的路还长。我这是为了儿子、儿媳生活幸福，我自己做的事，当然会承担所有的果。

　　…………

　　养老问题是一个世界性难题。怎样建立和完善符合本国实际的养老服务体系，是各国普遍关注和积极探索的问题。

　　中国由于特殊的现代化进程和人口发展状况，老龄化社会呈现速度快、规模大的特点，并伴随"少子"老龄化、高龄化、空巢化、家庭结构小型化和家庭保障功能快速弱化的现象。同时，我国老年人患病比例高，患病和带病时间长。这些特征叠加"未富先老""未备先老"的经济社会发展阶段背景,使我国社会发展和经济增长面临严峻的挑战。党的十九大报告提出"加快老龄事业和产业发展",妥善解决人口老龄化带来的社会问题,事关国家发展全局,事关百姓福祉。

2018年,重庆市60岁以上户籍老年人口达719.55万,占总人口的21.13%。其中,65岁以上老年人口516.24万,占比为15.17%,老龄化程度居全国第六、西部第一,重庆市即将进入超老化社会。相关资料显示,到2035年,重庆市老龄人口将达到871万,2050年接近1000万,老龄化趋势正在加速发展。在全国31个省级行政区中,重庆市经济发展处于中等偏上水平,社会发展还与国内不少省市有较大差距,如何应对"银发浪潮"的挑战,构建符合中国国情和地域特点的以居家为基础、社区为依托、机构为补充、医养相结合的养老服务体系,值得重点探讨与思索。

在"社区养老"这个热门话题中,日间照料中心和养老院值得关注。

社区老年人日间照料中心,是指为社区内生活不能完全自理、日常生活需要一定照料的半失能老年人提供膳食供应、个人照顾、保健康复、休闲娱乐等日间托养服务的机构,向所有60岁以上老年人开放,重点服务高龄老人、空巢老人、残疾老人、优抚老人、低保或低收入老人等,是一种适合半失能老年人的"白天入托接受照顾和参与活动,晚上回家享受家庭生活"的社区居家养老服务新模式。

我查阅相关资料后发现,当下日间照料中心提供的服务还可以细化。

关于就餐服务。老人只需交付伙食费,一天十元,包括早、中、晚三餐,并且能够保证提供较为丰盛的饭菜。白天子女上班,没有时间给老人做饭,老人可以到日间照料中心吃上可口的饭菜,晚上再由子女把老人接回家,共享天伦之乐。

关于医疗服务。请专业的养老服务团队、医疗团队入驻日间照料中心,为老人检查身体，时刻关注老人的健康。设置康复室、健身室配备休息床、轮椅、电磁理疗等设备。定期请社区医生为老人治疗，也可邀请志愿者为老人提供各种义务服务。

关于老年大学。专业养老服务员，手把手教老年人手指操等基本的健身运动。社区老年课堂，通过专题讲座、咨询指导、公开课等形式，解决老年群体共同关注的问题。以社区老年课堂为主阵地，聘请各行业精英和专家学者组成义工讲师团，对老年人进行技能培训，开展涉及法律、科学养生、医疗保健、人际沟通、家庭教育等领域的专题讲座和咨询指导。

目前，许多社区的日间照料中心还在建设中。

对于上了年纪的孤寡老人或儿女长期不在身边的空巢老人而言，养老院无疑是个很好的选择。但目前，多数老人还是无法接受在养老院养老。我曾听一位阿姨说起，她的老母亲被弟弟送进还算高档的养老院，两年后就去世了。她每每去看望母亲，临走时，老人都会像个小孩子一样，拉着她的衣角，哭得撕心裂肺。

我参观过几个老社区里的养老院。楼里，走廊两侧是一间间十平方米的房间，条件最好的单人间则有一床一桌一柜两椅和一台旧彩电，窗台边有一个旧式空调，夏天运行起来发出刺耳的声音。楼下是篮球场大小的花园，到了散步的时间，老人们三三两两聚在一起，说不清开心与否。被问到养老院生活的细节时，他们总是沉默半天，然后答非所问。

在张家湾，社区想尽办法才与辖区内的一栋商住楼达成协议，利用该楼的一至三层建一个养老中心。为了方便老人上下，需要在楼外修建电梯。一切都已安排好，岂料动工当天被一群愤怒的业主给拦住了，他们说自己并不知道这里要修建电梯。现场闹哄哄的，有人说，养老中心建在这里，救护车，甚至殡仪馆的车都要往居民集中的地方开，像什么话！有人接着补充，往后烧纸钱的、哭灵的也全在这附近了，不吉利……最终，社区逐个添加业主微信,耐心沟通解释,力保不会侵害业主利益,最终才把养老中心建设的事推动下去。

"我还没有绝后,我儿女在外面","死在屋里也好过死在外面"……空巢老人和孤寡老人大多坚持待在自己家里。在山洞社区,有九位老人都由社区长期上门照料。在梨树湾社区的铁路局家属区,六十五岁的热心居民沈莉在出门买菜前,先要一一问过楼里八十岁上下的老人需要帮着带点什么,她每天都要在没有电梯的旧楼里上上下下很多趟。在团结坝,社区工作者每天都会在社区里走走,站在楼下,看看那些重点关注的独居老人拉开窗帘没有,晚上再看看他家窗口亮灯没有。沙坪坝区星缘联谊会是一个特殊的组织,会员都是中年丧子家庭。在小龙坎康宁村社区,常常有联谊会的失独老人参与各种公益活动。

应该说,养老模式的选择是中国传统文化、家庭支持和照顾、身体健康状况交织在一起的综合性产物。社区与居家养老服务使得老年人养老不与原有的生活环境相脱离,符合大部分老年人的养老需求,符合我国的文化传统,也是我国未来长期养老服务的发展方向。未来,社区与居家融合的养老模式将成为城市老年人养老的优化选择。社区与居家养老融合的养老模式无论是从经济角度还是观念角度来看,都能更好地满足健康老年人的实际养老需求。

但也有调查数据显示,重庆有1.04%的老人存在重度失能,0.76%存在完全失能,以此测算,全市2020年需要介助和介护的老人分别为8.32万和6.08万。对于需要护理服务的老人来说,入住养老机构无疑是最便捷也是最好的选择,而在2019年,其养老机构的入住率不足八成。

调查表明,在养老方式的选择上,大多数老年人倾向于居家养老,61.4%的居民选择基本在家养老,而14.4%的居民选择居家养老为主、社区养老机构提供部分上门服务；有近10%的老年人有入住养老机构的意愿，其中又有80%倾向于在离家五公里的范围内选择养老机构。

在社区，我走访过二十余位老人，问及"心目中的最佳养老方式""是否愿意经常与孩子在一起"，得到的回答几乎一致：愿意在家里养老，"日间照料中心"之类可以被视作休闲娱乐的场所，在那里跟同龄人打牌聊天很开心；对于住养老院是排斥的，即使在同一屋檐下难免磕磕碰碰，但老人的内心深处也愿意和孩子在一起。

龙劲涛是土生土长的本地人，母亲家离他们的小家只有两站地，一趟公交车五分钟就到了。从儿子三岁上幼儿园开始，夫妻俩就独立带孩子，两口子若是有事离家，就把孩子托付给母亲照管，一家三口平日时不时上门看望老人，夸母亲屋子打扫得干净，菜烧得好吃，也诚心向老人求教该如何料理家务，老人十分开心。

龙劲涛的母亲喜欢煲汤，每每煲好汤，她第一件事就是给儿子盛上一桶，然后匆匆忙忙给他们送过去。"揭开保温桶的盖子，母亲送来的鲜汤还散发着刚出锅的热气。"

我曾经看过很经典的一句话：最好的距离，是一碗汤的距离。住得过近或过于亲密，家庭观念的不同会让家中产生矛盾；住的过远或过于疏离，彼此间又会有很多担心。从家里端一碗汤到牵挂的人那里，爱的距离和汤的温度都刚刚好。

我住在成都的一位朋友，与自己远道而来的父母之间同样保持着"一碗汤的距离"。朋友是广安人，大学毕业后留在成都工作，与丈夫结婚后，在单位附近买了一套房子。朋友是家中独女，自幼便被父母视为掌上明珠。待她成家后，父母便迁来成都，在临近的小区买了一套二手房。老人负责接送外孙女上下学，给孩子做饭，辅导功课，朋友下班后在父母那里吃过晚饭，就将女儿接回家。父母与子女相互照应，但又有各自的生活空间。

## 我的声音 唤你回头
——与《民法典》关联的女性权益故事

"我是老师,我爸妈退休前也是老师,我们从事相同的职业,但当下我的压力明显更大,因为现在的要求更高,考核更多。爸妈则觉得上个课哪有那么恼火,一口咬定是我太娇气,吃不得苦。"朋友带高三毕业班,某天同事生病她顶班,站着讲了一个上午,中午休息时几乎"累瘫了",半天缓不过劲来。但她跟父母倾诉自己的难处时,父母却认为"这有什么大不了的,谁不是这么过来的"。

"冲突肯定有,体现在许多细节上,但隔着距离,密切而有间,这样会好很多。"朋友对我说。

同样是"一碗汤"的距离,这次的距离是楼上楼下。

《青海日报》退休记者安老师,与老伴王阿姨一前一后,来重庆帮儿子儿媳带孩子,如今二老连户口都迁到了新鸣社区。其实,"帮忙带孙"只是这对夫妻迁居重庆的理由之一,"咱们原本就计划定居重庆,在孩子身边养老。"王阿姨对我说。

安老师的儿子是在重庆上的大学,毕业后留在了重庆,在一所重点中学教书,妻子是自己的同事。对此,安老师夫妻很看得开:西宁反正也是移民城市,大家都来自五湖四海,谈不上什么落叶归根,儿子不回来,咱们就到他那里去!先是落实房子的事儿。恰逢儿子儿媳单位建集资房,两个人都有资格买,于是一人买了一套——小两口买一套,安老师夫妻买一套,楼上楼下。然后学车——是王阿姨鼓励安老师学开车的。本来,安老师还有些担心自己上了年纪,但王阿姨说,"重庆是山城,你学会开车,才好带着我到处走走看看呀"。

安老师有两个孙女,大孙女读小学六年级,小孙女上幼儿园中班。白天老两口帮忙看顾小孩,儿子儿媳下班后,大家一起吃顿晚饭,一家四口便上楼回自己的小家。

"要想跟年轻人相处好,做老人需要谨记的第一件事就是少言。"王阿姨总结道。拿给孙女买衣服这件事来说，虽然老两口跟孙女打得火热，但孩子衣服的款式和颜色都由儿媳决定，王阿姨绝对不会按照自己喜好来挑选。再比如教育方式，虽说安老师、王阿姨都是高级知识分子，在育儿方面也有自己的一些看法，但儿子儿媳教育孩子的时候他们从不干涉，最多说说自己的建议，大主意还是由年轻人来拿。

大孙女念小学二年级时，儿媳就开始让孩子独自坐五六站公交车上下学。其实一开始，两位老人对这件事是很不赞同的："那么一丁点大的孩子，在排队上车的人群里特别扎眼，我们心疼呀。"但儿媳坚持，老两口也就不再说什么了。

"第二件事，不要计较。"安老师夫妻俩的退休金加起来有不少钱，在职时单位都办了医保，退休后把手续也转到了重庆，没有其他需要花钱的地方。他们从不向儿子儿媳要生活费，日常开支比如水电气什么的"谁碰上就顺便缴了，现在微信缴费多方便呀"。安老师学会了开车，儿子儿媳也需要开车上班，如今家里养着两部车，安老师常常驾着儿子的车去替他加油保养。安老师的亲家住在成都，给另一个闺女带孩子，安老师夫妻俩也从不抱怨，"各有各的难处嘛"。儿子儿媳也懂事，逢年过节总是抢着给安老师和王阿姨送红包。

对王阿姨来说，重庆是个宜居的好地方，甚至空气里都透着青山绿水的清新和湿润，这是干燥的青海老家所不能比的。但老家依然有她最牵挂的人，那就是她九十岁的老母亲："母亲健在，我却不能在她老人家跟前尽孝，好在还有其他姐妹照顾，我只有每年夏天回去看她老人家。"

是的，一碗汤的距离，不只是物理距离，也是心灵上亲密距离的生动比喻。这要用温度来测量，而不能用数字来比拟，在对方需要的时候，将温暖传递过去。

**我的声音　唤你回头**
——与《民法典》关联的女性权益故事

**本章与《民法典》关联法条：**

**第一千零六十七条**　父母不履行抚养义务的，未成年子女或者不能独立生活的成年子女，有要求父母给付抚养费的权利。

成年子女不履行赡养义务的，缺乏劳动能力或者生活困难的父母，有要求成年子女给付赡养费的权利。

**第一千零六十九条**　子女应当尊重父母的婚姻权利，不得干涉父母离婚、再婚以及婚后的生活。子女对父母的赡养义务，不因父母的婚姻关系变化而终止。

**第一千一百三十三条**　自然人可以依法设立遗嘱信托。

**第一千一百三十六条**　打印遗嘱应当有两个以上见证人在场见证。遗嘱人和见证人应当在遗嘱每一页签名，注明年、月、日。

**第一千一百三十七条**　以录音录像形式立的遗嘱，应当有两个以上见证人在场见证。遗嘱人和见证人应当在录音录像中记录其姓名或者肖像，以及年、月、日。

**第一千一百四十二条**　遗嘱人可以撤回、变更自己所立的遗嘱。

立遗嘱后，遗嘱人实施与遗嘱内容相反的民事法律行为的，视为对遗嘱相关内容的撤回。

立有数份遗嘱，内容相抵触的，以最后的遗嘱为准。

## 忐忑不安的母亲

李老师，你说，维系母亲与儿女的是什么？
血缘，还有，亲情，或者说养育之恩。
那哪一个应该放在前面呢？
养育之恩吧。
哦……

## 我的声音 唤你回头
——与《民法典》关联的女性权益故事

李老师,你说,维系母亲与儿女的是什么?

血缘,还有,亲情,或者说养育之恩。

那哪一个应该放在前面呢?

养育之恩吧。

哦……

我见到月儿妈的时候,屋外还下着大雨,迅猛落下的雨滴击打着窗外的条石路面,水花肆意飞溅。雨下了一整天,这样的天气在成都甚是少有。

"对不起,我迟到了。外面雨太大了,加上我们对这里不太熟悉。哦,我们是成都人,只是离开太久了……现在大城市都在搞市政建设,几乎一年一变样。如今,除了盐市口、春熙路、武侯祠、人民公园,还有青石桥,嗯,我们很多年前在那里给月儿买过金鱼,其他地方真找不到了……"

一番寒暄过后,月儿妈拿出了一本老相册。

"这是我家的相册,几十年前的老照片都在里面。"

相册的封面厚厚的,是浅蓝色,上面印着蓝天、白云、大海、帆船。

照片整齐地覆在胶纸下面，要放进或取出，需要掀开整层胶纸……这样的老式相册现在很少能看到了。

"我还是坚持去相馆把照片都洗出来，几十年的老习惯了。你手里拿的这张是我跟月儿爸的结婚照。70年代的年轻人都带点婴儿肥，跟现在人的审美不一样，穿着也很朴素，我俩这身化纤布料算比较时髦的。"月儿妈说。月儿妈跟月儿爸是在黑龙江插队时认识的，两人是老乡，从成都同一个城区来的，都是主动要求建设北大荒的热血青年。后来又一起招工回成都，成了铁路局的职工，之后二人恋爱、结婚。

"黑龙江的照片没有几张，都是摆出这种'战天斗地'的姿势。要我讲啊，人这一辈子需要磨炼，吃过苦中苦，也就没有迈不过去的坎儿了。"

月儿爸的经历要丰富些，他十二岁就跟着哥哥去了北京。兄弟俩带了一口袋的青柿子和一条火腿，火车一来，就直接攀着车窗翻了进去。火车上挤满了人，像叠罗汉一样，大家都争着抢着去北京看天安门。弟弟个子小，哥哥托着他往上顶，车里的人再拉一把，这样才上去了。两天两夜，兄弟俩蜷缩在车厢里，和几个人一起轮流睡行李架。最后，他们终于到了北京，看到了天安门。十天半个月后，两个人才回到成都。等到了家，月儿奶奶直接让他俩站在院子头，里里外外脱了个干净，点上一把火把那些爬满虱子的衣服烧得"噼里啪啦"的，又拿推子把兄弟俩的头发剃了个精光，两个人洗完澡，这才被允准进门。

月儿妈在东北农场的时候经常需要值夜班，那里女同志少，每次值夜都要跟男的结伴而行。有时，同行的人要赶着上工，月儿妈来不及吃饭，就端着饭碗，跟着赶过去。寒冬腊月，冰天雪地，呵气成冰，手上、脚上满是冻疮。那会条件艰苦，连厕所都没有，最好的娱乐活动就是走上几里路，到附近的农场看电影。

"孩子啊，我们的经历决定了我们身上不会有你们这代人所推崇的那

## 我的声音 唤你回头
### ——与《民法典》关联的女性权益故事

种个性，什么'命运掌握在自己手里'。你每次说请假出去采风，父母都担心单位会怪罪你，我们这代人，都对单位有绝对的敬畏之心，因为呀，它不仅仅代表着饭碗，还体现着一个人在社会上的所有价值。当年单位给了回城青年一个窝，所以大家更要怀一颗感恩之心。"

1988年，月儿爸接到去南江工作的通知。事情发生得很突然，那一年，月儿才五岁半，刚读小学一年级。

"局里要派我去南江。"那天月儿爸回来，给月儿辅导完数学作业，才踱到厨房跟月儿妈说。

闻言，月儿妈手中的刀一顿，刀锋斜着落到了手指上，鲜血直流。月儿爸有些惊慌。"没事，我自己去拿胶布"，月儿妈站起身，不想让丈夫看到自己红红的眼睛。

"去多久？"

"说不好。嗯，那个，山里的工资比这里高两级。"

"知道了，让我想想。"

月儿妈还记得，那天晚上，电视机里播放的是《射雕英雄传》，邻居家的孩子都凑到她家来看。那年月，黑白电视机也不是家家都有。武打戏很精彩，夫妻俩坐在沙发上，一句话也没有。

等到睡觉时，月儿爸刚拉灭电灯，月儿妈突然打定了主意："你去吧，不管待多久。还有，明天我打报告，和你一起去。"

"月儿怎么办，跟着我们一起去山里？"

"不，月儿要留在成都读书。"

月儿脑子好，一岁就会说话，两岁会认字，三岁就已经会背唐诗。月儿爸很坚持：我们不能把她带到山里去，我们没有理由耽误她。

"那么，事到如今，回想当初，你有过抱怨吗？"得知如今月儿与父母形同陌路，我问月儿妈。

"没有，我们从来没有怨恨过领导。在铁路系统，调动是常事。那时候，调到艰苦边远的地方，入党也会容易些。入党多光荣呀！"

于是，幼小的月儿被托付给了月儿妈在成都的大姐和大姐夫。大姐和大姐夫也有一个女儿。

"我们这代人，兄弟姐妹之间特别团结。小时候，父母要干活，顾不过来，都是娃娃间相互拉扯，大的带小的，感情特别好。我就是大姐拖着长大的，虽然我们只相差三岁，但她对我来说，就像母亲一般，所以我遇到难事就会想到她。"

分别的前一天，爸妈带着月儿到南郊公园玩了一天，还在公园门口的长桥上照了相。照片上，月儿嘴里含着一块水果糖，腮帮子鼓着，看上去不太高兴的样子。月儿小时候不喜欢照相。前几天，月儿妈和月儿爸兜兜转转大半天，才找到曾经的南郊公园。

在大巴山里待了二十多年，工作上没有特别大的难处，工资待遇涨了，就是生活条件差些。住平房，担井水吃，一个月下山一次到镇子上赶场。为了调剂生活，月儿妈趁着一年一次的探亲假，从成都带来一些蔬菜、花种子播种在屋前，收获了上海青、莴笋、扁豆和金银花。

一对河南夫妇把刚满月的女儿"送"给了月儿妈，这是他们"送"出去的第三个女儿——本来他们满心期盼是个儿娃子。月儿爸把女孩抱给了失去儿子的哥哥、嫂嫂。这个女孩儿就是王萌萌，哥哥、嫂嫂把她宠上了天。

"就当时的情形看，她算命好的，要是跟着她的亲生父母，能不能读小学估计都另说。"

月儿爸妈一般春节回成都，暑假月儿就到山里玩。每个假期，月儿妈都能看见女儿的变化——长高了，长大了，眉眼长开了，越长越漂亮，聪明却又敏感，但其中的细节她却无从知晓。

忐忑不安的母亲

## 我的声音　唤你回头
——与《民法典》关联的女性权益故事

几年后的一次正月间,在热热闹闹的青羊宫庙会上,满街都是玩意儿小吃。月儿妈挤进密密的人群,费了好一番力才从极火的摊子上买到一块白糖芝麻馅的蛋烘糕——一种金黄软糯的半月形成都特色糕点,兴冲冲地举到月儿跟前:宝贝,看,什么来了?印象中,月儿应该是小手一拍,嘴巴朝前一撅:要!可事实上,月儿慢慢伸出手,不太情愿地拿上,嗅嗅闻闻半天没有下口。这孩子呀,怪呢,这两年不大喜欢吃甜食,倒是越来越爱吃辣了,月儿大姨说。月儿的一只手腕自始自终都停留在大姨的臂弯里。大姨边说边宠溺地从食品袋里挑出几根灯影牛肉,塞到月儿嘴里。你妈妈挤了老半天专门给你买的糕,你也要尝尝呀!各有各的味儿!月儿"嗯"了一声,咬了一小口蛋烘糕,转脸冲妈妈笑,身子却依然靠着大姨。

月儿妈知道,自己的大姐和大姐夫对月儿没有二心。

那俩小家伙,我每天早上六点就把他们从床上揪起来,让他们喊着"一二一"到小花园跑圈去。大姐夫当过兵,平常对两个孩子实行"军事化管理"。有个浑小子几次找上门,才念初中就想和月儿耍朋友,被大姐夫直接一顿凶,不见了踪影。

慢慢地,月儿的心事越积越多,也越来越不愿意和父母交流。小时候,她对大山里的一切都很稀奇,一只野兔、一只蝈蝈就能让她乐一天。但长大之后再去山里,一切仿佛例行公事一般,只是象征性地看望一下父母。是呀,父母没法辅导她的功课,教材早就改头换面了,况且月儿成绩很好;没法为她的人生做规划,她的高考志愿是大姨一家帮她填的,只是打了个电话告诉妈妈她的选择;父母只能按月寄去生活费,根本没法给她更多的帮助,又怎能与大姨大姨夫的劳心费力相比呢?在月儿妈看来,捡来的萌萌与养父母之间的感情,都应该比月儿与她的深。

大三的暑假,月儿站在院子里,焦灼地望着对面苍茫的大山,这会儿她在山里刚待了一个星期。

月儿，快毕业了，要不去考个研吧？月儿爸说。我是学文秘专业的，再读下去也没多大意思，你们不了解情况，毕业后的事，大姨父已经给我安排好了，月儿回答。

如今的月儿很能干，在省政府工作，挂职副县长。月儿爸妈退休回成都那天，是月儿开着大姨父的车来接的。月儿大四就考取了驾照，车里的后视镜里映现的是一张妆容精致、神态淡然的年轻面庞。

月儿，我们给你带了山里的咸野鸡蛋，一大包呢。

嗯。

你喜欢吃的，我记得你来山里时每天早上都要吃。

哦，好的。

县里的事情多，基层很锻炼人，你不会太辛苦吧？

嗯，还行。

月儿，你该抽出点时间，谈个对象成家了。

哦，再说吧。

从火车站到铁路局家属院有将近一个小时的路程，月儿专心开车，与父母没什么话。

爸，妈，你们上楼休息吧，我先回去了，还要写一个讲话材料。

在附近餐厅吃过接风宴，月儿便客气地与父母道了别。

这是月儿妈的敏锐感受，三十四岁依旧独身的女儿与父母之间客套又生分，就像她对待同事一样客气，她委婉地绕开对方过于家常的嘘寒问暖，一举一动分外小心。

"你知道吗？她甚至会说谢谢。谢谢您啊，月儿接过我递给她的碗筷，这样说。"

"我们几十年在深山里，慢慢淡出了女儿的生活。我们从深山回来时，

忐忑不安的母亲

## 我的声音　唤你回头
——与《民法典》关联的女性权益故事

似乎也已经脱离了这个时代。"

月儿妈身上揣着方方正正的存折，她不会用 ATM 机，也用不惯智能手机，更不熟悉成都的大街小巷。大姐和月儿就像带着客人一般，带着她游锦里、宽窄巷子，如果想要自己走走，就得沿途问路。路人都好奇地打量这两个满口地道成都话，却一点不认识路的老人家。月儿妈甚至在青石桥找到了那家小吃店——以前一家三口常去吃的肥肠粉店，但那家店的主打小吃已经改成了冒菜，门口常卖军屯锅盔。打扮得漂亮的小妹儿笑意盈盈地端上了肥肠粉，可是，肥肠嚼不动，粉也似乎没什么滋味。一切都已经变了。

月儿妈告诉我，月儿大姨年纪渐渐大了，身体也不好，亲生女儿出国定居，月儿主动提出要大姨和大姨夫搬过来和她一起住。

"那你们夫妻俩以后怎么办呢？她作为亲生女儿，对你们有赡养义务啊！"我说。

"月儿明明白白给我谈过这个问题，她说她肯定要赡养我们夫妻俩，她的计划是每个月给我们 1500 元钱，从银行卡转账。上个月已经转了，但她也有一个月没有出现在我们面前了，连电话也没有一个。"月儿妈说。

"新修订的《中华人民共和国老年人权益保障法》规定，不常看望老人也属于违法。法律规定，子女对父母的义务，除了物质赡养，还有精神赡养。"我说道。

月儿妈笑了笑，没有回答。半晌，才挤出一句话："我作为月儿的亲生母亲，最大的愿望，还是希望她幸福快乐。"

月儿妈是因为特殊原因没有尽到养育之责，从而面临"子不亲"的烦恼，而非亲生的子女与养母之间又会如何呢？

在月儿妈的介绍下，我找到了王萌萌和她的养母，也就是月儿的婶婶。

她们母女俩分别接受了我的访谈,下面是她们各自的讲述。

**我的非亲生母亲(王萌萌的讲述)**

每个人都有心事,就像罗老师,就像我。

罗老师喜欢在微信朋友圈里秀孩子,秀美食,秀旅行,她看上去好像很开心,但我并不这么认为。我们班高三毕业聚餐,我看见罗老师手机上的全家福照片,就是那种屏保图片,她母亲抱着孩子坐在最前面,罗老师站在并不显眼的位置,笑得很不自然,一看就觉得哪里不对劲。我的直觉很准。

很多别人以为我不知道的事,我都知道,只是装作不知道。

我一直是那种特别敏感的女孩子。

你听过"驴耳朵"国王的故事吗?从前,有一个国王被神诅咒,长出了一对长长的驴耳朵,于是他成天用头巾捂着。一位裁缝无意中发现了这个秘密,国王便威胁他:如果说出去,就要了你的命。这个秘密藏在裁缝的心里,让他寝食难安。最后,他来到了河滩上,挖了一个大坑,朝坑里大喊:国王长了驴耳朵!顿时,他觉得自己浑身都舒坦了。不久,河滩上挖坑的地方长出了一丛芦苇,风一吹,就会发出声音:国王长了驴耳朵!

心里装着不能说的秘密,确实难受。

妈妈又发病了,抑郁症,这次非常严重,三四天没吃一点东西,她窝在床上,从早哭到晚。导火线就是我大半个月前拿到的那张上海交通大学的录取通知书。

二十多天前,妈妈亲自去学校取回那张通知书,满脸喜气。她开门进屋时,我听见楼梯口有人问:萌萌读哪里?妈妈的声音高高飘起:"上海交大,一本,国家重点!"两天后,妈妈在羊西线的一家高档餐厅请客,

## 我的声音　唤你回头
——与《民法典》关联的女性权益故事

领着我在席间来回走动，或是坐在男女老少艳羡的目光中，将我几年来的学习经历娓娓道来。我妈妈这个年纪的人最喜欢跟别人比较，比家庭，比房子，比旅游过的地方，比子女……嗯，比子女这点，妈妈最拿得出手，我一直很争气。

裹在药丸外面的糖衣总有舔完的时候。随着报到日期的临近，妈妈一天天肉眼可见地沮丧起来。摘菜的时候，她总会自言自语："孩子，你终于还是要走了。"零碎的菜叶挂在她的头上也浑然不觉："上海很远吧，你去了，妈妈就找不到你了。"

妈妈怕我去了上海——就这么飞走了。这关系到一个秘密：我不是妈妈的亲生女儿。

这是众所周知的秘密，只需要向我一个人隐瞒。

要好好孝顺父母，他们年纪大了，养你不容易。过年，家里的长辈发红包给我，都会说这样一句话，再附带上一种略微怜悯的眼神。

他们的本意是让我知恩图报。可是，那句"年纪大了"总是被反复提起，却也让我察觉出了什么。我 18 岁，出生于 1998 年；妈妈 66 岁，出生于 1950 年。从年龄上就能判断出，她生我的可能性不大。从我记事起，妈妈就是衰老的。我七八岁时，她已经满头白发，狭长的眼睛被密密堆砌的褶子挤成了一条缝。成都的公交车上不到三分钟便会播放一次"尊老爱幼是中华民族的传统美德"的宣传语。白发苍苍的母亲一手挽着书包，一手牵着我，每到这时，便立刻会有人让座，层层叠叠的人群会自发让出一条通道，我们母女俩侧着身走过去，坐下。

"谢谢啊！"

"大姐，你这小孙女好乖。"后排头发花白的婆婆夸道。

妈妈笑笑，没有应声。我知道，她与周遭同龄人年轻的妈妈一样，爱自己的女儿，竭尽所能。

"你妈特别不容易。"

"你爸妈对你真好，衣服尽是牌子货，啧啧！"

"我妈说，王家姐姐不是亲生的，是从垃圾堆里捡的。"

"萌萌跟老王夫妇还是有亲缘关系的，她是老王弟弟超生的孩子。"

"膝下无子老凄凉，有总比没有强。"

"疯子的儿子十几岁就死了……小心被听见，疯子找你闹！"

从十一二岁开始，我隐秘地拼接着从小到大，旁人有意或无意间透露给我，以及我听到的各种信息碎片，到了16岁，已经基本弄明白了"我是谁"。

妈妈有过一个儿子，那个孩子十几岁的时候意外死了。我猜，这个意外应该与妈妈有关。妈妈常说起这个哥哥，每到这时，她那因长期服药而臃肿不堪的身体总会微微颤抖，嘴角下垂得厉害。妈妈对哥哥的死十分内疚，由此患上了难愈的抑郁症。为了替母亲疗伤，我来到了这个家庭。

我还知道，亲戚们甚至准备了一套我发觉真相后的补救方案，便是谎称我是叔叔和叔母意外生育的女儿，是为了逃避单位责罚而被送给母亲的。这样沾亲带故血浓于水，也不会出现别的变故。知情的街坊邻居都不敢捅破这层窗户纸，因为他们见证过这个家庭曾经的不幸，更亲见过妈妈发病时骇人的癫狂。

这些年，我一直怀揣着这个大家都不希望我知道的秘密，装作不知道自己的身世。不为其他，只是为了让我的爸妈尤其是妈妈安心。事实上，从他们收养我的那一刻起，许多担心就是多余的，因为人是有感情的。

我养的猫咪晃晃，不论去哪里玩，夜里总会回来，因为它知道，屋檐下有温暖的小窝。

### 我的声音　唤你回头
——与《民法典》关联的女性权益故事

爸爸在的时候,每天傍晚都要给我煮一小锅甜汤——夏天是浓浓的绿豆南瓜汤,冬天是甜入心脾的红枣银耳汤。前年,爸爸去世了,只剩下妈妈和我相依为命。

我,生而为人,需要知道"我是谁""我从哪里来",却从没有对亲生父母有过任何向往,更没有想过要去找他们。我知道,18年前他们就抛弃了我。

上海交大是我梦寐以求的大学,我努力学习考上大学,本是为了报恩,不想却勾起了妈妈好几年不曾发作的旧病。心病还需心药医,我一定会找机会告诉她:虽然您不曾生过我,可您是我在这世上唯一的妈。您的后半生,有我。

#### 只想有个孩子,在我坟前哭一声(萌萌母亲的讲述)

农村偌大的院子在夏天刚来时不热,空气里满是泥土与青草混合的清香,我怀里抱着一个肉嘟嘟的婴儿。她来自一座深山,被一心要生男孩的父母送了人,但她今后是我的宝贝,我叫她萌萌——新的希望萌芽了,我丈夫是这样解释这个名字的,萌萌会一直陪着我。

老母亲走过来,粗粝皱巴的手抚着我的左脸说:女子(方言,指女儿),到医院头(方言,去医院)把这边眼睛底下的泪痣点掉,就不会再哭那么多场了。

我点点头。

19年前,同样的季节,同样的天气,也是在这个院子里,我半躺在藤椅上,柔和的阳光照着我高高隆起的肚子。院子里生长着一人高的蜀葵,粉红的喇叭状大花层层叠叠。母亲把一碗醪糟鸡蛋递到我手里:女子,吃吧,在灶上凉了一会儿的。你左眼底下长的泪痣不好呢,生了孩子就把它取了。妈,我不信命。你这个女子哟!

我那时真不信命，一心以为再大的难关，只要坚持着、挣扎着就能挺过去。别人算命，我破命。我与村里的男知青谈恋爱。我喜欢他，喜欢他白白净净的样子，喜欢看他偷偷摸摸读书的样子。我不大识字，只是觉得那样的他好看极了。我们约会的时候被民兵抓到，在社员大会上公开检讨，把草鞋顶在头上，很丢人，也意味着我除了这个男人，嫁不出去了——其实我们没干什么出格的事，甚至没接过吻，只是那个年月要求大家谈恋爱必须在光天化日之下，只要偷偷摸摸在一起，就算苟且野合。城里也一样，那时城里单位规定，凡是对象到单身宿舍玩儿的，必须一整天都把房门敞着，外头走廊上经过的人，打水打饭或者好事的，都可以光明正大地朝房间里瞄上几眼，这样能监督谈恋爱的人不要谈出什么"秘密"来。

我是农村户口，男朋友父母在成都，一直反对我们的婚事，因为要是他在乡下结婚，就回不了城了。磨呀磨，等到他回城安置好工作，我已经是个"奔三"的"老女子"了，这在乡下绝对是村中男女老少无聊时拿出来摆谈（方言，谈论）的故事。最终他娶了我，接我进城，不曾在意农村人没有配发的粮票、肉票。我那时想，自己总是那么幸运，在最后的关头。十岁那年，我病得奄奄一息，也是在城里工作的叔父给了几斤薯干和玉米面，才捡回了一条命。

1979年初夏，在母亲的院子里，我度过了产前最幸福的一段时光。

羡慕萌萌的母亲，用自己的子宫生育了那么多孩子。血，血，是我生下儿子小亮以后最恐怖的画面。我目不转睛看着历经三十多个小时折腾才出世的孩子，他将近八斤重，额角还有一道产钳留下的淤青。我掏空的身子在产床上颤抖着，血液正从苍白的身体里不断往外流。

如果切掉子宫可以保命，那就切吧！爱人对市医院的医生说。

大出血止住了，我成了个没子宫的女人。

## 我的声音　唤你回头
——与《民法典》关联的女性权益故事

我这辈子只能有一个孩子，一定要像爱护自己的眼珠子那样爱护他。

这只是个意外。我对前来伺候我月子的母亲说，当她又提到了那颗泪痣的时候。

儿子小亮承载了我和爱人所有的希望，我们在他身上寄托了无数幻想。

看，这孩子手指好长，一定是弹钢琴的料，将来屋里一定要买一架钢琴。屋子太小？没关系，半个屋子用来搁钢琴也行！

这孩子刚才说什么了？他说"亮亮"，真的，是说的"亮亮"。不可能啊他才八个月。这说明咱孩子是天才啊！

这幅画太有意思了，你看这鸟这羽毛，幼儿园小孩也能画这么好。所以，我们以后一定要给他报个兴趣班，他绝对学得出来！

小亮的智商问题是读小学的时候开始显露出来的。他不会看表，分不清时针与分针，弄不懂买与卖的差别，老是背不下"九九乘法表"……我们心怀侥幸，始终不愿意接受老师的提议去专业机构给他做智力测试。一次次失望时，我总会想起刚小亮出生时额角的那道淤青，或许，这就是他脑子不灵光的原因。那个时代不像现在，只要顺产不成功，医生就会果断采取剖宫产，以保证不会遗留太多的问题。从那时起，我便常常哭泣，甚至会动手打小亮。我的儿子在长大，看着他不经世事的模样，我总是莫名地愤怒与担心，他将来该怎么办？怎么在这个社会上生存？

我执着而刻薄，努力让儿子跟上同龄人的步伐，却忘记了在这个过程中教他如何保护自己，让他开心快乐。在职业高中，反应慢的小亮被同学围攻，他宁可偷偷吃云南白药也不肯告诉我。直到小亮死去一年后，我整理家中药柜才发现药已用掉了大半瓶。

妈妈，我想换个学校。

换到哪里？这个职业学校都是你爸托人找的关系，实在不想读，就直接出去捡垃圾！

好，妈妈再见！

当时我在厨房忙着，锅里是炒到金黄的肉丝，我甚至没有回头看儿子一眼，我哪里知道，这竟然是我们之间的最后一次对话。

小亮失踪了，后来有人在鸭子河里发现了他的尸体。死去多日的17岁少年，背着书包、穿着黄色运动鞋沉在淤泥里。小亮走前，坐车从成都回到了广汉——我的家乡。他的暑假时光都是在家婆（方言，指外婆）的农家院子里度过的，那里有挺立的开着粉红大花的蜀葵，有黄狗与花猫，有小伙伴的嬉戏打闹。所以，小亮的告别，也选择了那里。

昏天黑地的几个月以后，我认清了一个现实：我这辈子唯一的孩子已经走了，他已与我阴阳两隔。原来，老天给我一个孩子已经是绝大的恩赐，而我却痴心妄想要得到更多，真是活该！

按照我们当地的风俗，不满20岁的孩子死去算夭折，命中无寿，是来向父母讨债的，不能建坟。可我还是在母亲的菜地附近给小亮立了一座坟，只是没有墓碑。小亮的身边，有他的家公（方言，指外公）、大舅、四舅、六姨和幺姨。幺姨死的时候13岁，六姨四岁，大舅和四舅年龄更小，他们都会陪伴着小亮。

在萌萌到来前的两年，我的生活中满是血泪与病痛。我的这种病无法用心电图、B超、核磁等手段检查出来，疼痛与沮丧伴着黑夜与失眠真实地侵袭着我的身体。第三次寻短见被丈夫发现并阻止后，我嘶喊着：我要我的孩子，我要我的孩子！

我们会再有一个孩子的，我保证。丈夫流泪了。

萌萌来了，在母亲的院子里，我第一次见到她。

那是多可爱的女孩呵，那时她刚刚满月，长长的睫毛，清澈的眼睛，小巧的鼻子向上翘着，花瓣般的嘴唇总在吸吮。我轻轻用指头点了点她的

## 我的声音 唤你回头
——与《民法典》关联的女性权益故事

眉心,她就绽开小嘴笑了。

这孩子跟你有缘,一见你就高兴。老母亲手里摆弄着预备送给孩子的银手环,五个小小的银铃碰撞着,发出轻柔的响声。

乖乖不生病,乖乖不认生,乖乖要吃得,乖乖要长大。

那时,我母亲已经86岁了,是她接过了那个小小的婴儿。母亲抱着孩子站立的姿态像村口的那棵老树,被雷电劈得伤痕累累,枝干也早已稀稀拉拉,树干却依旧挺直。母亲生了八个孩子,长到成年的只有四个。父亲不到50岁就过世了。但母亲的脸色始终淡定,难见喜忧之色。子女孙辈不在时,她的午餐和晚餐极简到炒酸菜下白米饭。闲来无事时,便坐在院子里,戴上铜顶针做针线活。母亲的宁静来源于她的儿女,大家虽不在一处,却彼此安好。被当成仓库的小房间里,搁着母亲早早为自己置下的棺材。

母亲去世的那天,她的身后浩浩荡荡,儿子女儿,孙儿孙女。她没有白忙一场。

至于我,我别无所求,只希望自己死时,有个孩子能在我坟前哭一场。


我把萌萌抱回家。这次我听了母亲的话,到医院把左眼底下的那颗泪痣取掉了。

我小的时候脸上很光洁,什么东西也没长,也许那颗泪痣是我通晓人事的时候长的。冥冥之中,很多事情自有天注定。

我把阳台上那一大丛仙人掌移栽到室外,又在大花盆里种上了丝瓜。丝瓜起芽了,抽茎,牵藤,开花,结果,萌萌也慢慢长大了。

我享受着不安的甜蜜。这种不安,来自萌萌与我们的非血缘关系。如果邻居告诉我,有陌生的中年男女站在单元楼前张望,我会惶恐好长一段时间,甚至在脑中排演该如何与他们讲理争辩——你们生了萌萌,可你们已经把她送给了我，我养大了她，这么多年，我付出了多少你们知道吗？

萌萌越优秀，我就越不安——我的生命离不开她。

我会不停地纠结糖醋排骨里加多少生抽，萌萌才爱吃。前年，丈夫在一场车祸中意外离去，我依然没有丧失活下去的勇气，因为有萌萌陪我一道抵御悲痛。吃了那么多年含激素的抗抑郁药，我浑身臃肿，血糖高、血压高，硬是每天围着小区走上一万步，希望自己有一个健康的身体，好陪着女儿走以后的十年、二十年、三十年。有女儿在，我要长命百岁。

被我压制多年的怪病终究还是跳了出来，在18岁的萌萌最应该接受祝福的时候，我内心隐藏的巨大的不安爆发了，它彻底击垮了我，夺走了我多年积攒下来的快乐。

我的病复发了。女儿考上了那么好的大学，我的心却被无形的板斧劈得七零八碎，即使大白天闭眼，脑海中也会蹦出一些乱七八糟的画面：萌萌在上海结婚生子与我断绝关系，萌萌的亲生父母去上海找她了……我猜，萌萌早就猜到了她的身世。十几年来那么多可疑之处，周围人那么多闲言碎语，萌萌肯定知道，只是这孩子心思重，不肯说。

这段时间，我不想吃饭，不想活动，甚至不愿多说一句话。就像一段艰难的长跑后，一下子松懈下来的感觉；更像前方的路灯突然熄灭，找不着方向。在周遭的祝贺声中，一种强烈的不安抓扯着我。当年我从乡下历经波折嫁到城里，怀着许多梦想，不曾预见的是数十年来总在不断地失去：失去子宫，失去儿子，失去健康，失去美貌，失去丈夫，很快，我还要再失去自己一手带大的女儿！可我分明已经认命了呀！

人说血浓于水，血缘是纽带。如果没有了这根纽带，我唯一的女儿会一去不复返吗？

志忑不安的母亲

**我的声音 唤你回头**
——与《民法典》关联的女性权益故事

**本章与《民法典》关联法条：**

第一千零六十七条 父母不履行抚养义务的，未成年子女或者不能独立生活的成年子女，有要求父母给付抚养费的权利。

成年子女不履行赡养义务的，缺乏劳动能力或者生活困难的父母，有要求成年子女给付赡养费的权利。

第一千一百一十条 收养人、送养人要求保守收养秘密的，其他人应当尊重其意愿，不得泄露。

第一千一百一十一条 自收养关系成立之日起，养父母与养子女间的权利义务关系，适用本法关于父母子女关系的规定；养子女与养父母的近亲属间的权利义务关系，适用本法关于子女与父母的近亲属关系的规定。

养子女与生父母以及其他近亲属间的权利义务关系，因收养关系的成立而消除。

# 附 录

## 一次有温度且有力度的文学普法

◎啄木鸟杂志社

**问**：作为一个擅长写"民生百态"和"小人物"的青年报告文学作家，您为什么要写这样一个题材？

**李燕燕**：2020年底，四川大学出版社向我约一本女性心理方面的非虚构图书，因为他们的强项就在"心理学"方面。我先期写作过《拯救睡眠》之类的心理学关联纪实作品，于是我又开始与我的一些心理咨询师朋友频繁接触，但一时之间又没有找到恰当的题材。

在一个朋友那里，我看见了一本封面印有鲜红国徽的《中华人民共和国民法典》。我问他，这是你专门买来学习的？他说这是一位来访者留在他这里的。她正在研读《民法典》，准备打离婚"官司"，必须学习"新法条"保护自己——于她而言，打赢这场官司，最重要的是"心赢"。

从2021年1月开始，我把注意力放到了《民法典》上，啄木鸟杂志社知道我想做这个选题后，非常支持。因为文学普法适得其时，如果能将法学、心理学、社会学的元素有机结合，自然更好。

也在这个时候，我的一位陪审员朋友谢乐曦主动找到我，这个浑身充满正气和责任感的中年女性动情地给我讲述了许多发生在民事审判庭上的故事，几乎都与女性相关。尤其是她细细讲述完"远远看着你"这个案例后，对我讲："你一定要把这样真实的故事写出来，给正沉浸在美好爱情幻想中的女孩们一个深刻的警示：你准备要嫁的那个人，你对他真的了解吗？他身心健康吗？他是否对你有所隐瞒？他是不是一个有责任心的男人？说实话，现在的婚姻陷阱太多，女孩们一定要擦亮双眼！尤其要好好学习今年刚施行的《民法典》，切实保护好自己的权益。"

在"复盘"这些案例的过程中，我熟识的心理咨询师汤朝千透过他深入接触到的众多来访者的经历告诉我，心理问题的发生与社会问题、法律问题紧密关联，中重度抑郁症患者大多有来自隐私、名誉方面的"不安全感"，这在女性身上体现得尤其明显。

于是，我频繁探访律师、司法系统的工作人员和心理咨询师，希望在几个不同的探访方向上寻求到一个契合点。

很快我发现了一个现象，汤朝千心理咨询工作室的来访者几乎都是女性——这个情形，跟我在法院民事审判庭和律师那里了解到的情况颇有些相似。因离婚、遗产分割继承、自身权益受侵害等种种原因到民事审判庭主张权利的原告方，女性占多数。

一位从事法律援助工作多年的律师却告诉我，不到万不得已，这些女性压根儿不愿为了"家丑"打官司。他还告诉我："新近施行的《民法典》，关于维护女性合法权益的新法条至少有八项，体现了国家对女性权益的充分保障。"这位律师朋友甚至自掏腰包买了上百册，送给那些向他求助的女性。

基于以上缘由，我最终决定写一写当下那些与《民法典》相关的女性权益故事，并在非虚构的记叙中融入心理学、社会学的元素，以期为一些表象找到深埋在社会乃至传统土壤之下的根源，而不是仅仅停留在写几个"精彩故事"上。感谢，我的创作得到了《啄木鸟》杂志和四川大学出版社的支持。

**问**：作为一个女作家，您怎样看待女性与《民法典》的关系？

**李燕燕**：人们常说，女人能顶半边天。新中国成立70多年来，女性权益保护一直是社会关注的热点和焦点，"平等""婚姻""名誉""隐私"……则是其中公认的关键词。我们国家始终致力促进男女平等和妇女事业发展，并逐步形成和完善了以宪法为基础、以《中华人民共和国妇女权益保障法》为主体，包括一百多部单行法律法规在内的妇女权益保障法律体系，为促进男女平等和妇女全面发展构筑了坚实的法律屏障。"坚持男女平等基本国策，保障妇女儿童合法权益"也被写入党的十八大、十九大报告。法律在推动男女享有平等地位、消除对妇女的歧视方面发挥了决定性作用，使妇女的权益状况发生了历史性变化。自2021年1月1日起施行的《中华人民共和国民法典》，在强调男女平等的民事法律地位的同时，有针对性地加强了对妇女权益的特殊保护，是将社会主义核心价值观融入法治建设、落实男女平等基本国策、充分考虑两性现实差异和妇女特殊利益的重大成果和典范之作。

但在实践中我们必须认识到，《民法典》有针对性地加强了对妇女权益的保护，为妇女权益的保障提供了更加坚实可靠的法律基础，而要使其真正发挥法律作用、实现公平正义，还需要全社会共同努力，需要我们每一个人全力支持。所以，我写作这部作品的初心是唤起女性朋友对自身权益的重视和保护，同时期冀它是一本好看好读、有温度和力度的普法作品。

## 我的声音 唤你回头
——与《民法典》关联的女性权益故事

问：这部作品中涵盖的与《民法典》相关的女性权益有哪些？

**李燕燕：** 除了《啄木鸟》刊载的有关女性权益保护的隐私权、名誉权、男女平等的遗产继承权、婚姻安全等内容，这部作品还有反家暴、全职太太离婚时的权益保护、老年女性的赡养、财产安全、遗嘱继承等方面的内容。这些内容都是以生动的非虚构故事及富有特色的人物描写呈现出来的。在第一阶段的采访中，因为其积极的社会意义和价值，也得到了受访者的大力支持。

——摘选自啄木鸟杂志社微信公众号2021年5月13日《作家访谈》栏目

# 文学，让法治强音奏响

◎谢昕丹

"脆弱啊，你的名字是女人！"莎士比亚的这句喟叹，不仅道出了一代文豪对女性命运的忧思，而且吹响了文学关注女性权益保护的集结号。数百年过去，随着经济地位的提升，女性在道德、法律、政治等社会领域的力量越来越大，有关女性权益保护的话题也越来越集中在某些老生常谈、易被忽视且谨小慎微的视域。而这些视域的被关照，无论文学的还是其他研究型学科意义上的，远不如一部《民法典》来得更有力量。

2020年5月28日，一部具有重大时代意义的，也是我国第一部以"法典"命名的法律——《中华人民共和国民法典》通过并予以颁布。这一法治史上具有里程碑意义的事件，被敏锐的青年作家李燕燕撷取到了。就像一只专给人们带去美好、吉祥消息的报春燕，李燕燕的这一次非虚构文学写作，将为大家打开《民法典》保护女性权益的一扇窗，透过它，那些与女性社会角色相伴而生的隐秘、幽微将被小心地剥离、切中肯綮地剖析，女性"脆弱"的社会基因袒露纸面。

## 我的声音　唤你回头
——与《民法典》关联的女性权益故事

"我的声音　唤你回头",书名便文学性地开宗明义。李燕燕的初衷,想必是希望,《民法典》的强音能够将之前鲜少被关注的,甚至折射不到的女性权益重新开启,让那些鲜有保护意识,甚至为家庭、社会所刻意回避的隐匿角落得到清朗对待。更希望,通过自己的作品,也是作者的声音(通过写作为女性权益鼓与呼)让更多置身其中或有此命运遭际却不自知的女性朋友们,能够不屈从命运的摆布,回头是岸——《民法典》赋予的权益与精神之岸。

一部民法典,历经66年,几代人的夙愿,终于让理想之光照进现实。这部共七编一千二百六十条、涵盖人们日常方方面面、被称为"社会生活的百科全书"的民法典,既体现了世易法移、法随时迁的进步,也凸显了以人民为中心、法治共建共享的理念。正因如此,作为"八五"普法的重要内容,《民法典》的宣传和推广工作不限于法治工作者,亟待每一位有能力、有见地、有办法的公民群策群力,倾注自己的智慧与力量。法治文学,用生动形象的文学语言讲好法治故事、弘扬法治理念成为题中应有之义。李燕燕的非虚构书写,关注到了与《民法典》关联的女性权益,恰到好处地实践了深入生活、扎根人民的文学创作的初心与使命。它通过真实且有意味的叙事方式,将采访到的一个个典型案例进行条分缕析后精准对接,实现了文学普法不忘关注人物命运与人性柔软处的精神旨归。

横着看,九个故事,九宗罪。女性权益保护故事由此展开。从豆蔻少女的青春噩梦到中年母亲的鸡肋婚姻,从职场女性的隐忧到全职太太的生活巨压,再从赤裸裸的家庭暴力到冷漠寡言的无性婚姻,从年迈母亲的遗嘱修正到养母的赡养烦恼,涉及女性继承、名誉、隐私等权益的诸多方面。所幸,随着《民法典》的颁布施行,这些经年甚至沉疴已久的侵权行为得到了法律的惩处与纠治。这些真实生活中发生的真实故事,作为案例,不止在李燕燕某位律师朋友的卷宗里具有典型性,在资深心理咨询师汤朝千、陪审员谢乐曦那里，同样具有病理学和社会学分析的价值。这些听到的、看到的、感受到的采访案点，作为《我的声音，唤你回头》需要整合的素材时，李燕燕并没有被这些纷繁芜杂的个案冲昏头脑，而是俯身向下，专注地贴近这些"问题女性"，倾听她们最真实的原生故事。同时，又抽拔出来，不为这些零碎与私密所干扰，依托法条找到同一类型案例的差异，继而打开叙事的张力，让故事中有故事，个性中有共性，环环相扣间攸关宏旨。用她自己的话说，就是"好的纪实（作品）应当体现社会共识，同时不论题材大小，应以个性视角找准时代契合点"。

纵着看，九个故事，会不经意间豁然开朗：这似乎藏着一个女人的一生，而不仅仅是多位女性的当下。看到这点的李燕燕，再来创作这部作品时，就不再是就案说案的勾陈故事始末，而是以案育人，让笔下女性的命运因法典获得重生，当然，这还借助了心理学和社会学的联袂努力。不妨说，这是一位青年作家的敏锐思辨，也是一名女性作家的得天独厚。但看目录的精心安排，"谁来保护她"和"请不要再给我发'晚安'"写的是待字闺中的未婚少女的权益弱势，隐私、名誉被漠视，性骚扰欲告无门；"水面下的小男孩"讲述的是男尊女卑文化传统下，农村女性自出生起即被剥夺的财产继承权；"远远看着你""黑夜的猛兽""我如果在他的怀中，该有多美"，将已婚女性遭遇的家暴、性冷淡和无效婚姻做了细腻描述，同时，就《民法典》针对这些婚姻中所涉及的女性权益保护问题予以了权威释义。"全职太太的迷茫"则针对无职业女性失去婚姻凭附后的财产补偿问题提出了全新的见解。"最后一份遗嘱"和"忐忑不安的母亲"，是对老年妇女如何适情且合法地看待子女的赡养和继承问题做了建设性的文学诠释。李燕燕从女性视角出发，围绕女性成长节点，将女性命运与《民法典》所关联的新法条有效对接，成就了《我的声音，唤你回头》的内在逻辑线索。

## 我的声音　唤你回头
——与《民法典》关联的女性权益故事

以人民为中心，是《民法典》的法律旨归，也是李燕燕探索这部法典所关联的女性命运之魅。文学即人学。关注个体命运、关注人类命运共同体渐已成为有识作家的担当与追求。《我的声音，唤你回头》用一个个有共识性的个案故事，直击法典的精髓；又通过这些故事所链接的权益保护法条，奏响了新时代法治社会对女性权益的尊重与关切，毋宁是整个社会对公平、正义的期冀，对人类命运共同体的烛照。除此，可喜的是，法典还意图用法律的强劲，将"事不关己高高挂起"的社会风尚进行扭转，在保护女性个体权益的同时，增加社会、团体对这些权益施行的共责，从而实现社会对女性权益保护这一问题的真正共情。

《民法典》，让女性权益保护先行一步。因为，我看到了她。

（谢昕丹，《啄木鸟》杂志编辑，副编审）